LA SIGNATURE
DU TUEUR

Du même auteur, dans la même collection :

Ce que je n'aurais pas dû voir
Crime tattoo
Surgi du passé

LA SIGNATURE DU TUEUR

CHRISTOPHE MIRAUCOURT

RAGEOT

Cet ouvrage a été imprimé sur un papier
issu de forêts gérées durablement,
de sources contrôlées.

Couverture de Lorenzo Mastroianni.

ISBN 978-2-7002-3926-3
ISSN 1766-3016

EN ROUTE !

Le souffle court, je bouscule un jeune type barbu au sac à dos aussi imposant que s'il contenait la tonne de vêtements que ma mère a tenté de fourrer dans ma valise. Sans m'occuper de ses protestations, je continue ma course effrénée sur le quai. Des voyageurs ont les yeux rivés sur les panneaux d'affichage à la recherche d'un horaire. D'autres sont assis sur leur valise genre le *Penseur* de Rodin. Sauf qu'ils sont tous habillés !

Je slalome entre ces obstacles humains et c'est à peine si j'entends la voix suave de l'opératrice résonner dans le hall de la gare d'Austerlitz :

– Le train n° 6812 à destination de Brive-la-Gaillarde : départ immédiat. Prenez garde à la fermeture automatique des portes.

Je m'engouffre de justesse dans la voiture de queue et le train s'ébranle. Je m'adosse contre la porte des toilettes, le front en sueur, le cœur battant à cent à l'heure.

Ballotté par les cahots du train qui démarre, je traverse les wagons jusqu'à ma place en essayant de ne pas atterrir sur les genoux des voyageurs. Je dépose ma valise dans l'emplacement réservé aux bagages et je garde avec moi mon sac à dos. Je jette un coup d'œil autour de moi. Pas la moindre prise pour recharger mon Smartphone.

Ce téléphone est tellement perfectionné que j'ai sûrement une application pour calculer le nombre de hamburgers engloutis en seize ans. Mais quand la batterie est à plat, la plus basique des fonctions, comme celle du réveil, est hors service.

Sans le coq du voisin, je serais toujours au fond de mon lit.

Cette bestiole est capable de vous réveiller au beau milieu d'une grasse mat' ou de pousser un « cocorico » tonitruant à l'heure de la sieste. Pour être sûr que vous avez bien entendu, il recommence dix fois dans la journée. Un bon motif pour un voisin de porter plainte.

Mais ça n'est pas près d'arriver parce qu'à part ma mère, je ne connais personne qui ait envie de s'enterrer à Cambrousse City, le coin paumé où nous habitons.

Je suis perdu dans mes pensées quand je sens une présence à mes côtés. Je me retourne.

Reconnaissable à son bonnet de cuir rouge couvrant son crâne, sa cape grise sur les épaules et son nez long et pointu, un gobelin se tient près de mon siège, sous les regards amusés des autres voyageurs.

– Excusez-moi, fait la créature en agitant son billet, mais vous êtes assis à ma place.

À n'en pas douter, c'est un fan de Peter Wells, l'auteur du best-seller d'un livre d'héroic fantasy, *Les trois empires de Kernaven*.

En quelques mois, ce bouquin a connu un énorme succès. Ses fans n'hésitent pas à s'affubler de masques, de fausses oreilles, de perruques, de tee-shirts à l'effigie des personnages aux pouvoirs magiques sortis tout droit de l'imagination de l'écrivain.

Celui-ci gère à la perfection cet engouement en entretenant le mystère qui l'entoure : à l'évidence Peter Wells n'est qu'un pseudonyme. Aucune photo officielle, pas de page Facebook et des apparitions en public savamment dosées.

Incontestablement, je ne suis pas le seul à me rendre au salon du livre de Brive où Peter Wells figure parmi les auteurs en dédicace, tout comme moi puisque d'après les journalistes, « à seize ans, Arthur Thaur – c'est moi ! – est le plus jeune auteur de polars ». Je sors mon billet de ma poche. Je suis à la bonne place mais pas dans la bonne voiture.

– Désolé, dis-je en me levant.

Je m'incline en joignant les deux mains devant moi, signe fraternel entre les peuples de Kernaven. Le gobelin me salue à son tour. Je récupère ma valise puis, mon sac à dos en bandoulière, je remonte le train jusqu'à mon emplacement.

Ma voisine est une fille de mon âge. Cheveux longs retombant sur ses épaules, yeux bleus mis en valeur par une touche de maquillage, je suis sûr que Faustine, ma copine, détesterait me savoir assis à côté d'elle ! Des écouteurs dans les oreilles et son iPod dans une main, elle me lance un regard rapide quand je m'assois puis se détourne vers le paysage qui défile par la fenêtre.

Je me laisse bercer un moment par le roulis du train lorsque je me rends compte que ma voisine me dévisage.

– Je m'appelle Anne, se présente-t-elle en me tendant un écouteur.

– Et moi Arthur.

Nous partageons quelques minutes de morceaux de hip-hop avant que son iPod ne s'éteigne.

– Plus de batterie, soupire-t-elle. J'ai oublié de la recharger.

– Je sais ce que c'est, dis-je en extirpant mon téléphone aussi éteint qu'un volcan d'Auvergne. Sinon, qu'est-ce que tu vas faire à Brive ?

– Parents divorcés, répond-elle d'un ton désabusé. Ma mère habite Brive et mon père Paris. Je viens de passer une partie des vacances de la Toussaint chez lui.

– Le divorce, c'est vraiment la galère, dis-je en pensant aux parents de Faustine qui se sont séparés il y a quelques mois.

– Et toi, pourquoi es-tu dans ce train ? demande Anne en repoussant une mèche de cheveux.

– Je me rends à la foire du livre.

– Toi aussi ? Moi je fais partie de la légion de bénévoles employés pour « mettre de l'huile dans les rouages », comme dit ma mère. Une petite armée de fourmis laborieuses, rigole-t-elle.

Elle précise :

– Elle travaille à l'office de tourisme. Mais toi, pour quelle raison viens-tu au salon ? Je parie que tu es un fan de Peter Wells !

– En fait j'écris des bouquins.

Anne me dévisage comme si elle avait en face d'elle l'unique rescapé d'un crash d'avion.

– Tu te moques de moi ?

Je ne m'offusque pas. J'ai l'habitude de ce genre de réaction.

– J'ai publié mon premier polar à quinze ans. Le deuxième vient de sortir et je vais le dédicacer à Brive.

Pour achever de la convaincre, je sors *Destination mortelle* de mon sac à dos. Il y a ma photo au dos du livre.

– Respect, dit Anne, admirative. Tu es le Mozart de la littérature, en quelque sorte.

– S'il t'entend, il va se retourner dans sa tombe, je rigole. C'est juste que j'adore écrire.

– Où loges-tu pendant le salon ? poursuit-elle.

– Chez Thomas, un pote.

Mes yeux se perdent dans le vide.

– Il y a un problème ? demande Anne qui a perçu mon malaise.

– Pas vraiment, non. On s'écrit quelquefois via nos pages Facebook, mais on ne s'est pas vus depuis plus d'un an.

– Vous étiez fâchés ?

Je fais non de la tête.

– On était encore au collège quand un chauffard l'a percuté, lui et sa mère, avant de prendre la fuite. On ne l'a jamais retrouvé. Thomas est resté cinq jours dans le coma. Et il a perdu l'usage de ses jambes.

– Il est paralysé ? s'exclame-t-elle, effarée.

– Il se déplace en fauteuil, oui. Quant à sa mère, elle a été tuée sur le coup.

Anne ouvre de grands yeux.

– C'est terrible ! Et pourquoi s'est-il installé à Brive ?

– Avant cet accident, il habitait le patelin juste à côté de chez moi. Quand il a été rétabli, son père a choisi de partir. Il a prétexté qu'il ne se sentait plus en sécurité – leur maison venait d'être cambriolée – et qu'il fallait un lieu adapté au handicap de Thomas. Je crois surtout qu'il fuyait des souvenirs douloureux.

– Ça se comprend, conclut Anne.

– Si on allait boire un Coca ? je propose pour changer de sujet. Le wagon-bar doit être ouvert, maintenant.

– Très bonne idée, accepte-t-elle en se levant.

Nous discutons sans temps mort jusqu'à notre arrivée en gare de Brive.

LES TROIS EMPIRES DE KERNAVEN

Je me mêle aux voyageurs qui descendent du wagon. Anne m'adresse un dernier signe avant de se perdre dans la foule. Elle m'a laissé son 06 pour que je l'appelle quand je serai sur le salon.

Je balaie le quai du regard, à la recherche de Thomas.

– Hé ! L'écrivain ! Par ici !

L'exclamation claque dans le brouhaha de la gare. Le sourire aux lèvres, Thomas me fait signe. Il a à peine changé. Ses traits sont juste plus mûrs et ses cheveux moins longs que dans mon souvenir. Il a abandonné sa frange pour une coupe qui lui dégage le front et met ses yeux en valeur.

– T'as un fauteuil méga classe ! je lance en tapant ma main dans la sienne.

– Oui, on n'est pas loin de la perfection, reconnaît-il en exécutant un équilibre périlleux sur les roues arrière, décorées d'un dragon stylisé. Presque aussi nerveux qu'un scooter !

Son père, M. Lefranc, se tient en retrait, le dos légèrement voûté. Il vient me serrer la main. Ses yeux sont tristes et sa voix manque de vitalité.

– Comment vas-tu Arthur ? Tu as fait bon voyage ?

– Très bon, merci.

Nous nous dirigeons vers un monospace aménagé pour que Thomas puisse rester dans son fauteuil.

– On n'arrête pas le progrès ! s'exclame-t-il en interceptant mon regard.

Le trajet ne dure que quelques minutes. La voiture s'immobilise dans une rue calme du centre-ville, devant une solide bâtisse en pierre. Le soleil, qui n'a pas l'air de savoir qu'on est en automne, illumine la façade d'une belle lumière.

– Tu vas voir, c'est LA maison adaptée au handicap, murmure Thomas en prenant la voix d'un commercial vantant un produit de luxe. En tout cas, c'est ce qu'a prétendu le gars de l'agence immobilière pour nous la vendre.

C'est une grande maison de plain-pied desservie par un couloir suffisamment large pour le passage d'une personne en fauteuil.

– Le salon, la cuisine, présente Thomas, à gauche la chambre de mon père, là c'est la mienne. Dans cette pièce, on a entreposé les cartons du déménagement qui n'ont toujours pas été déballés.

D'un mouvement énergique, Thomas propulse son fauteuil un peu plus loin.

– Là, c'est la chambre d'amis – et donc la tienne – et en face, le bureau de mon père.

Les pièces sont austères. Pas de photos au mur, pas la moindre décoration. Je dépose mon sac dans ma chambre et branche mon téléphone. Les premières notes du générique de *Dexter* me signalent que j'ai reçu cinq messages... de ma mère. Elle a toujours autant de difficulté à couper le cordon avec son lapin !

Le sixième est de Faustine.

Elle est en vacances avec sa mère, chez ses grands-parents maternels, dans un village de Haute-Corse, aussi perdu que Cambrousse City et pas mieux desservi au niveau des antennes relais. Je l'avertis que je suis bien arrivé et qu'elle me manque.

Le repas est ponctué de fous rires. Thomas et moi partageons des dizaines d'anecdotes. C'est comme si nous nous étions quittés la veille. M. Lefranc ne se mêle pas à la conversation mais semble apprécier que son fils s'amuse.

– Je t'emmène à la foire ? propose Thomas après le déjeuner. C'est à deux roues d'ici, s'esclaffe-t-il.

J'esquisse un sourire gêné. Je ne suis pas certain de m'habituer à son humour un peu corrosif.

Le ciel est toujours aussi clément et la balade agréable.

– Tu dédicaces cet après-midi ?

– Pas avant demain. On peut visiter le salon en touristes.

– Tu me présenteras les grands noms de la littérature, plaisante Thomas.

La halle sous laquelle se déroule le salon est à cinq minutes de chez lui. Il y a déjà du monde mais j'imagine que ce n'est rien à côté des visiteurs qui se déplaceront pendant le week-end. Derrière leur stand, des auteurs et illustrateurs discutent en attendant qu'un premier fan demande une dédicace. J'adore cette ambiance et ça m'éclate toujours autant quand un ado déclare qu'il a dévoré mon premier bouquin. Je me rappelle ma promesse faite à Anne. Je lui envoie un SMS.

« T ou ? » répond-elle. Je pianote sur les touches de mon Smartphone « 2van le stand 2 Vargas ».

Anne débarque deux minutes plus tard.

– Je peux vous tenir compagnie un moment, affirme-t-elle. On n'a pas besoin de moi avant une demi-heure.

Le courant passe immédiatement entre Thomas et elle et nous discutons à bâtons rompus en déambulant dans les allées. De temps en temps, nous croisons un inconditionnel du best-seller de Peter Wells, revêtu d'une cape et d'un masque d'un de ses personnages. Les plus sophistiqués sont en latex, les moins onéreux en carton, retenus par un simple élastique.

Soudain, des hommes et des femmes habillés de noir de la tête aux pieds nous encerclent.

En partie dissimulés par des parapluies noirs et équipés de longs tubes dont ils nous collent une extrémité contre l'oreille, ils chuchotent un poème de Baudelaire. Puis les souffleurs de vers glissent des tracts dans nos poches et disparaissent aussi brusquement qu'ils sont arrivés.

– C'est comme ça dans toutes les foires ? questionne Thomas amusé.

– Certains organisateurs ont beaucoup d'imagination, je confirme en extirpant le prospectus. Figure-toi qu'à mon dernier salon, j'ai discuté avec un homme sans tête et un arbre géant.

– Perso, je préfère passer un moment avec une fille cool ! lance Thomas en jetant un bref coup d'œil du côté d'Anne, que le compliment fait sourire.

– Je ne dirai pas le contraire, je réponds en pensant à Faustine.

– Qu'est-ce que ça raconte ? demande-t-il en désignant le prospectus.

– C'est le programme du salon avec les horaires des dédicaces et des représentations données par des troupes théâtrales. Si ça t'intéresse, la compagnie des Oxymores Vivants propose une adaptation des *Trois empires de Kernaven* dans dix minutes.

Thomas a toujours aimé le théâtre, sans doute parce que sa mère en dirigeait un et qu'elle l'emmenait régulièrement voir des pièces.

– Pourquoi pas ? répond-il.

– Je vous laisse, s'excuse Anne après avoir consulté l'heure sur son portable. Je dois accueillir des auteurs.

On se quitte sur la promesse de se revoir le lendemain. Thomas et moi nous dirigeons vers une salle située un peu à l'écart. Une scène a été aménagée et une bonne moitié de la cinquantaine de chaises disposées en face accueille déjà des spectateurs. Un jeune gars, le visage mangé par une barbe de trois jours – quelques poils désordonnés, tout comme moi ! – nous conduit au premier rang. D'après son badge, il s'appelle Adrien et fait partie lui aussi des volontaires recrutés pour aider au bon déroulement du salon.

Parmi les spectateurs, le gobelin rencontré dans le train, toujours affublé de son costume, dévisage Thomas avec insistance.

– Il n'a jamais vu un handicapé en fauteuil, celui-là ? grogne mon copain à qui le manège n'a pas échappé.

– C'est parce que tes oreilles ne sont pas assez pointues, je tente de plaisanter, mal à l'aise, en désignant de nombreux spectateurs qui portent un masque ou un accessoire dédié aux personnages de la série de fantasy.

– Installez-vous ici, propose Adrien à Thomas dont le fauteuil s'insère entre les rangées de gauche et de droite.

Un homme d'une quarantaine d'années est déjà assis. Ses yeux se posent sur le fauteuil. Il nous adresse un vague sourire et se décale pour que je puisse m'installer à côté de mon pote.

Le rideau se lève sur un cimetière et un caveau en ruine. C'est la nuit, une légère brume flotte au-dessus des tombes. Le caveau est une « porte » vers les trois empires de Kernaven, peuplés de créatures magiques.

Quatre comédiens nous plongent dans l'univers de Peter Wells. Il y a Vain'Hald, personnage peu fréquentable, pilleur de tombes anciennes et Paltrin, son faire-valoir, d'une gaucherie incroyable, d'où son surnom, peu original mais efficace : Paltrin le maladroit.

Suite à une étourderie de ce dernier, ils découvrent le monde souterrain qui s'étend sous le cimetière. Ils libèrent Gortz, l'empereur de Kernaven, tombé entre les mains de Dark, son ennemi juré. Contrairement à Vain'Hald et Paltrin, qui sont simplement grimés, Gortz et Dark portent un masque qu'on oublie vite grâce à leur jeu d'acteur.

À la fin de la représentation, après des applaudissements nourris, nous patientons le temps que les spectateurs quittent la salle. À peine venons-nous de sortir que le portable de Thomas bourdonne.

UNE AGRESSION INQUIÉTANTE

Thomas lit le message qu'il vient de recevoir puis jette un coup d'œil à sa montre.

– Ça t'ennuie si on passe au commissariat ?

– Tu as des problèmes ?

Égal à lui-même, il tapote son fauteuil et rétorque :

– Je me suis fait flasher !

Devant mon air dubitatif, il ajoute :

– Je plaisante ! J'ai été témoin d'une agression et apparemment il y a du nouveau.

– Que s'est-il passé ?

Thomas me guide dans les rues tout en me racontant son histoire.

– C'était il y a deux jours. La nuit commençait à tomber. J'arrivais à la maison quand j'ai entendu des hurlements. Un homme agressait une femme pour lui voler l'argent qu'elle venait de retirer à un distributeur – ça, je l'ai appris plus tard. J'ai crié. Le type a flippé. Il a failli se sauver et puis il s'est rendu compte que j'étais handicapé. Il est revenu sur ses pas, menaçant, mais un groupe de touristes l'a fait fuir.

– Du coup, j'imagine que tu as pu le décrire avec précision. Et la femme, comment va-t-elle ?

– Elle n'avait que quelques hématomes mais elle était très choquée.

– La police a arrêté son agresseur ?

– Pas que je sache.

Brive est une ville moderne. Thomas pénètre dans les locaux du commissariat sans aide grâce à une rampe d'accès. Un planton nous accueille et nous dirige vers un bureau situé au rez-de-chaussée.

– Lieutenant Saramon, se présente le policier.

C'est un homme de grande taille à la poigne énergique. Malgré une légère moustache qui ombre le dessus de sa lèvre, son visage conserve un air juvénile. Il déplace une des deux chaises situées devant son bureau pour que Thomas puisse s'avancer et me fait signe de m'asseoir.

– Arthur est un ami, précise Thomas.

Le lieutenant entre immédiatement dans le vif du sujet.

– Grâce au portrait-robot que nous avons établi à partir de vos indications, nous avons identifié l'agresseur. Il s'agit d'un délinquant, surnommé Novembre, qui est fiché pour violence aggravée.

– Pourquoi ce surnom ? je m'étonne.

Le lieutenant esquisse un sourire.

– Ses trois premières condamnations ont été prononcées en novembre. Ce mois semble lui porter la poisse.

Saramon ouvre une pochette et tend à Thomas une photo 18x24. C'est le portrait d'un homme d'une trentaine d'années, les yeux froids, les sourcils épais. Son visage serait assez banal si un nez crochu et une vilaine cicatrice sur la joue droite n'accrochaient immédiatement le regard.

– C'est lui, confirme Thomas. Vous l'avez arrêté ?

– Pas encore, regrette le policier. Nous nous sommes présentés à son appartement mais il avait filé. C'est pourquoi...

Il s'interrompt, embarrassé, avant de reprendre :

– C'est pourquoi nous vous demandons d'être vigilant jusqu'à ce que nous mettions la main sur lui.

– Vous craignez qu'il s'en prenne à moi ? répond Thomas, interloqué.

– Je ne pense pas mais je préfère être prudent.

Thomas reste songeur tandis que je lance :

– Et si vous mettiez en place une protection policière ?

Le lieutenant sourit.

– Nous serions dans une série télévisée, peut-être. Mais je n'ai pas les effectifs nécessaires pour détacher un policier, d'autant que la menace n'est pas avérée.

– Si je le vois, je prendrai mes jambes à mon cou, ironise Thomas.

Saramon, qui ne sait pas quelle attitude adopter, se contente de se racler la gorge.

– Ce n'est qu'une question de jours voire d'heures avant que cet homme soit sous les verrous, conclut-il.

Nous sortons du commissariat, quelque peu désorientés. Mon portable sonne.

– Maman poule ! dis-je en montrant à Thomas la photo de ma mère qui s'affiche à l'écran.

Tout en acceptant l'appel, nous nous dirigeons vers le centre-ville. Comme d'habitude, ma mère est assez perspicace pour déceler une note d'inquiétude dans ma voix.

– Incroyable ! lâche-t-elle, quand je lui explique que Thomas a été témoin d'une agression. J'espère que la police mettra rapidement la main sur ce type.

Suivent deux ou trois conseils pour que je ne m'enrhume pas, auxquels je réponds par un « oui maman » obéissant.

– Je croyais que mon père me surcouvait à cause de mon handicap, lance Thomas en s'installant à la terrasse d'un café, mais d'après ce que j'entends, tous les parents agissent de la même façon.

Je commande un Ice Tea pêche et Thomas un Coca. Tout en sirotant ma boisson dans laquelle flottent deux glaçons, je lui donne des nouvelles de nos copains, Guillaume, Alexis et les autres. Lui me raconte sa vie à Brive. Je lui parle de ma demi-sœur et de mon père que j'ai rencontrés après quatorze années d'absence.

Mon portable vibre. Un SMS de Faustine. « Tu me manques ! Suis impatiente de rentrer !!!!!!! »

– Vu le sourire niais que tu arbores, plaisante Thomas, ce n'est pas un message de ta mère.

– C'est Faustine, je réponds et sans attendre je lui envoie un SMS enflammé.

Thomas consulte à nouveau sa montre.

– J'ai un entraînement de hand d'ici une demi-heure. Je dois repasser par la maison pour me changer. Tu m'accompagnes ?

Il intercepte mon regard qui s'est posé sur son fauteuil.

– Je suis handicapé, lâche-t-il, pas malade !

Tout en reprenant le chemin de son domicile, il m'explique qu'il s'est inscrit dans un club handi-ball.

Il est presque dix-neuf heures et la nuit est tombée quand nous arrivons au gymnase. Une odeur de sueur règne dans les locaux. L'odeur de l'effort !

– Je vais poser mes affaires, dit Thomas en se dirigeant vers les vestiaires. Tu accèdes aux gradins par le couloir qui se trouve en face de toi.

Ses coéquipiers s'entraînent déjà sur le terrain. Les passes se succèdent à vive allure. Ici, ce ne sont pas les semelles des baskets qui crissent sur le parquet mais le caoutchouc des roues des fauteuils. Une dizaine de spectateurs assistent à l'entraînement.

Thomas n'est toujours pas sorti des vestiaires. Je jette un coup d'œil à l'heure affichée sur mon portable. Il s'est écoulé cinq minutes depuis que je l'ai laissé. Bien plus qu'il n'en faut pour jeter son sac sur le banc et pénétrer sur le terrain.

Je tergiverse encore une minute – histoire de prouver que non je ne suis pas comme ma mère qui s'inquiète pour rien – puis je file le rejoindre.

– Qu'est-ce que tu fiches ? je demande en poussant la porte.

Je me fige sur place. Thomas gît inconscient sur le sol. Il y a du sang sur l'angle d'un banc. Un homme ganté et portant le masque de Dark serre ses deux mains autour de son cou. Tous ces détails s'impriment dans ma tête comme sur une carte mémoire.

CONFIDENCES

L'adrénaline se déverse dans mes veines. Je m'entends hurler :

– Arrêtez ! À l'aide !

Mon appel au secours n'est pas très original, mais il est dissuasif. L'homme se précipite vers la sortie. Sans réfléchir, je me lance à sa poursuite. Il attrape un filet rempli de ballons de hand et le renverse sur mon passage.

Je me laisse prendre à son piège et m'étale de tout mon long. Le temps de me relever, il a disparu.

Je reviens vers Thomas, toujours inanimé. J'aperçois une plaie à la tête qui m'inquiète. Pourvu que… Non. Je sens le pouls battre régulièrement. Ma mère – encore elle ! – sans doute parce qu'elle est secrétaire médicale, m'a appris les gestes de premiers secours. Je place aussitôt Thomas en position latérale de sécurité.

Je ne suis plus seul. L'entraîneur m'a entendu crier et alerte le 15.

Thomas reprend connaissance au moment où l'équipe médicale débarque dans les vestiaires. Je les accompagne aux urgences tandis qu'un médecin applique une compresse sur la plaie.

– Comment te sens-tu ? je demande.

– J'ai l'impression d'avoir servi de punching-ball, grimace Thomas.

– Que s'est-il passé ?

– Je venais de déposer mes affaires quand j'ai entendu la porte s'ouvrir. Le temps que je tourne mon fauteuil, un type masqué s'est jeté sur moi. Je me suis débattu. J'ai réussi à frapper son tibia avec une de mes roues mais mon fauteuil a basculé en arrière et ma tête a heurté un objet dur… Après je ne me souviens plus de rien.

Je lui raconte la suite.

– Si tu n'étais pas intervenu, il m'aurait étranglé ! se révolte Thomas qui frissonne d'une peur rétrospective.

On arrive aux urgences, presque en même temps qu'une voiture de police d'où s'extirpent Saramon et un de ses collègues qui se présente comme le lieutenant Mastre. J'échange un regard avec Thomas.

– Les nouvelles vont vite !

Un médecin examine sa plaie puis l'envoie passer une radio pour s'assurer qu'il n'y a ni hémorragie interne ni traumatisme crânien.

Pendant ce temps, je raconte aux deux policiers le déroulé des événements. Une question me brûle les lèvres :

– L'agresseur de Thomas pourrait-il être Novembre ?

– Il est trop tôt pour l'envisager, répond Saramon. Je dois entendre votre camarade et je vais envoyer une équipe de techniciens dans les vestiaires du gymnase.

Le lieutenant pousse un soupir.

– Ce gymnase est fréquenté par des dizaines de sportifs. Ça ne sera pas facile d'isoler des empreintes ou des traces ADN.

Mais s'il y a une chance de confondre cet homme, je ne veux pas la manquer.

– Résumons, poursuit le collègue de Saramon, en sortant un calepin. L'agresseur de votre camarade portait le masque d'une série télévisée. Vous n'êtes donc pas en mesure de l'identifier.

– D'un personnage de roman, je corrige.

Thomas fait son entrée, poussé par un infirmier. Il est blanc et a les traits tirés. Des traces violacées sont visibles sur son cou.

– Ces marques sont impressionnantes, lance-t-il, mais d'après le médecin, elles auront disparu d'ici quelques jours. Je m'en tire avec une blessure superficielle à la tête.

Il confirme ensuite aux policiers ma version des événements.

– On vous a volé quelque chose ? interroge Mastre qui griffonne nos réponses d'un air concentré.

– Je n'emporte pas d'argent quand je vais au hand et mon Smartphone est toujours là, réplique Thomas en sortant le portable de sa poche.

Puis son père, le visage défait, surgit à son tour. Le lieutenant Saramon le rassure avant de s'adresser à Thomas :

– Passez au commissariat demain. Vous compléterez et signerez votre déposition.

Le retour est morose. La soirée a été forte en émotions et nous sommes perdus dans nos pensées.

Les maisons périgourdines et briardes ont en commun l'épaisseur de leurs murs qui offrent une fraîcheur agréable l'été. Mais on est en automne et il fait carrément froid.

Quand nous arrivons, M. Lefranc allume un feu dans la cheminée qui réchauffe presque instantanément la pièce. Puis il sort du jambon et fait bouillir de l'eau pour cuire des pâtes.

– C'est moins bon qu'une salade de gésiers accompagnée de foie gras, mais ce soir la carte du restaurant est assez limitée, a-t-il la force de plaisanter.

Je prends l'initiative de mettre la table.

– Vous voulez bien me raconter ce qui s'est passé ? demande-t-il en servant les pâtes.

D'un signe de tête, Thomas m'encourage à prendre la parole. M. Lefranc serre les poings quand je décris le moment où je suis intervenu.

– C'est sûrement l'homme que tu as identifié ! gronde-t-il d'une voix blanche.

Après le repas, Thomas s'excuse de me laisser en plan et part se coucher. J'hésite à questionner son père puis je me lance. Mieux vaut être direct.

– Thomas n'a pas besoin d'aide pour se déshabiller ou se mettre au lit ?

M. Lefranc passe une main fatiguée dans ses cheveux. Derrière lui, le feu crépite doucement.

– Il est très autonome et met un point d'honneur à ne jamais se plaindre. Après la mort de ma femme, j'étais anéanti. Tu te rends compte ? Thomas était encore dans le coma le jour où j'ai enterré sa mère ! J'ignorais s'il en sortirait. Quand il s'est réveillé, je ne comprenais pas l'embarras du médecin. Puis il m'a expliqué que mon fils ne remarcherait jamais. Je ne parvenais pas à enregistrer ce qu'il racontait.

Ses yeux se perdent dans le vague. Quand il reprend, ils sont humides.

– Coup sur coup, j'ai annoncé à mon fils le décès de sa mère et sa paralysie. Il s'est mis à pleurer. Je ne savais pas comment le consoler. Je me suis juste allongé à côté de lui. Et j'ai pleuré aussi. Il a passé trois mois dans un centre de rééducation. Pour lui comme pour moi, son retour a été terrible. Tu te souviens de notre maison ?

J'acquiesce d'un mouvement de tête.

– Il y avait des escaliers pour monter aux chambres et descendre au garage, parfois deux ou trois marches pour aller d'une pièce à l'autre.

– Ma mère appelle ça le charme des maisons briardes, dis-je. Rien de droit, rien de carré, rien d'aligné, rien de niveau.

M. Lefranc esquisse un sourire.

– C'est une bonne description. Thomas se cognait dans les meubles et je devais l'aider à changer de pièce. Chaque marche s'était transformée en un obstacle insurmontable. Je le surprenais parfois prostré dans son fauteuil à m'attendre. Il n'avait pas osé me déranger.

Il ajoute dans un souffle :

– C'était un garçon vif et sportif avant cet accident. Pour compenser, je faisais tout à sa place si bien que nos rapports sont devenus conflictuels.

Je me rappelle cette époque. J'avais été témoin de plusieurs disputes.

– Cet accident a eu des répercussions au-delà du plan personnel, soupire M. Lefranc, plongé dans ses souvenirs. Sans ma femme qui dirigeait le théâtre, une dizaine d'employés se sont retrouvés au chômage technique et, pour éviter d'avoir à les licencier, j'ai dû me résoudre à le vendre.

– Ça n'a pas dû être une décision facile.

– En effet. Ce théâtre, c'était la passion de ma femme, mais moi, je n'y connaissais rien. Comme si ça ne suffisait pas, un machiniste a été victime d'un vol qui a mal tourné. Il est mort la veille de l'accident de ma femme. Une vie gâchée à cause d'un portefeuille et d'une montre. Dans quel monde vivons-nous ?

Il secoue la tête d'un geste las.

– Ma femme et moi adorions Brive, que nous avions découvert quelques années auparavant. Y emménager dans une maison adaptée au handicap de Thomas est devenu une évidence. Après le théâtre, j'ai vendu mon cabinet vétérinaire pour en rouvrir un ici. Je n'ai pas regretté mon choix… jusqu'à aujourd'hui.

Je reste silencieux. Le père de Thomas me lance, d'un ton qu'il veut jovial :

– Mais et toi, tu es désormais un écrivain à succès !

– J'ai conscience que c'est une chance incroyable d'être publié si jeune. Mon père lui-même m'a félicité.

– Ton père ? s'étonne M. Lefranc. Je croyais qu'il n'avait plus donné signe de vie depuis des années.

– Nous nous sommes revus dans de drôles de circonstances, dis-je en me remémorant l'enquête que j'ai menée l'année passée. Il vit à Fort-de-France avec ma demi-sœur, Lina.

Nous discutons encore une quinzaine de minutes. La journée a été longue. Je file dans ma chambre. Après une soirée passée près du feu, elle me paraît glaciale. Je frissonne. La seconde couverture, posée sur le lit, ne sera pas de trop.

J'essaie d'appeler Faustine mais, comme je m'y attendais, je tombe sur sa messagerie. Pas de réseau. Du coup nous échangeons des SMS qu'elle reçoit pour peu qu'elle place son portable sur le rebord de sa fenêtre !

Puis j'extirpe mon ordinateur de sa sacoche. Je l'allume et ouvre un nouveau document. J'ai besoin de laisser courir mon imagination. Le bruit de mes doigts sur le clavier résonne étrangement.

– Une baguette s'il vous plaît, demanda l'homme à la boulangère.

Tandis qu'elle la glissait dans son emballage papier, il lança :

– Je suis journaliste à La Montagne. *Vous êtes sûrement au courant de l'agression de cette femme…*

La commerçante acquiesça. Elle se redressa, impressionnée d'être questionnée par un journaliste. Elle en oublia instantanément la cicatrice qui l'avait mise mal à l'aise quand le client était entré et le nez crochu qui accentuait sa ressemblance avec un vautour. L'homme sourit intérieurement. C'était tellement simple de délier les langues ! Il avait choisi cette boulangerie parce que c'était le commerce le plus proche du lieu de l'agression.

– J'aurais voulu interviewer le jeune garçon handicapé...

– Thomas, coupa la boulangère, heureuse de montrer qu'elle connaissait son prénom. Il vient souvent ici. Il habite la grande bâtisse, un peu plus haut. Vous ne pouvez pas la manquer : une superbe glycine surplombe le muret.

L'homme paya, remercia la commerçante et sortit de la boutique. La nuit était tombée et les lampadaires éclairaient maintenant la ville. Il remonta lentement la rue.

Il dépassa la maison décrite par la commerçante. Il n'y avait aucune lumière. Il se dissimula dans le renfoncement d'une porte cochère qui lui offrait une vue imprenable sur l'entrée. Il se remémora les événements qui l'avaient conduit à fuir. Il avait repéré cette jeune femme au distributeur qui jetait des coups d'œil inquiets autour d'elle en tapant son code de carte bleue. Une attitude courante chez les gens qui retirent une somme d'argent importante.

Il l'avait suivie, attendant qu'elle s'éloigne des rues trop fréquentées. Elle avait été une proie facile, même si elle s'était défendue avec davantage de vigueur qu'il ne s'y était attendu. Et puis il y avait eu ce gamin qui avait ameuté tout le quartier.

Son premier réflexe avait été de s'enfuir, mais un détail avait accroché son regard et l'avait forcé à se retourner : le jeune était plus petit que la normale. Il se déplaçait en fauteuil ! Il avait failli fuir devant un gamin qui n'était même pas fichu de tenir sur ses deux jambes ! Il était revenu sur ses pas en roulant des mécaniques, décidé à lui faire passer un sale quart d'heure, quand des passants étaient intervenus.

Par la faute d'un handicapé qui pouvait l'identifier et le dénoncer à la police, sa vie avait basculé. Prudent, il n'avait pas remis les pieds dans son appartement.

Ses pensées furent interrompues quand la porte de la maison qu'il surveillait s'ouvrit. Le fameux Thomas, dans son fauteuil, en sortait accompagné d'un garçon de son âge. L'homme tergiversa. Il avait espéré qu'il serait seul. Son hésitation fut de courte durée. Thomas avait un sac de sport sur les genoux.

L'homme leur emboîta le pas jusqu'au gymnase. Il attendit qu'ils y pénètrent puis il s'approcha de la porte vitrée.

La chance lui souriait. Les garçons se séparaient. Il enfila le masque qu'il avait pris la précaution d'acheter et entra à son tour.

Je relis ma prose. Même si l'épisode de la boulangerie est une pure fiction, il est probable que l'agresseur de Thomas nous ait suivis depuis la maison. Il n'a pas dû avoir de mal à dénicher son adresse. On se rappelle facilement un ado en fauteuil.

Satisfait, j'enregistre mon document et j'éteins l'ordinateur. Je me déshabille puis m'enfonce entre des draps humides et froids. Je m'endors sur cette question : Novembre est-il prêt à passer à l'action une nouvelle fois ?

UN AUTEUR INCOGNITO

Quand je me lève le lendemain matin, Thomas dort encore et son père a griffonné un mot où il prévient qu'il rentrera vers midi. Je déjeune rapidement. Il est à peine neuf heures quand je me présente à l'entrée du salon pour obtenir mon badge que j'épingle fièrement sur mon sweat. On peut y lire « Arthur Thaur, auteur ». Puis une hôtesse m'explique où se situe mon stand.

Plusieurs piles de mes livres sont disposées sur une table, mais ce n'est rien à côté du mur des exemplaires des *Trois empires de Kernaven* qui tapissent le stand de mon voisin, qui n'est autre que Peter Wells. Il n'est pas encore là mais je me réjouis à l'avance de discuter avec lui.

La libraire qui fournit mes bouquins et ceux de l'illustre écrivain m'accueille chaleureusement. Elle arbore un tatouage de salamandre à la base du cou et une chevelure rousse flamboyante.

– Sylvie. Très heureuse de vous rencontrer ! annonce-t-elle avec un grand sourire.

Elle me propose un café mais je préfère accepter le croissant doré qui se cache derrière la cafetière. Les premiers visiteurs sont attendus d'ici un quart d'heure. Une femme d'une quarantaine d'années, les cheveux coupés au carré, dépose une bouteille d'eau gazeuse sur la table de Peter Wells puis se dirige vers moi. Je jette un coup d'œil sur son badge. Elle est attachée de presse.

– Madame Millaud ! se présente-t-elle en me serrant la main d'une poigne vigoureuse. Appelez-moi Adeline ! L'intrigue de votre nouveau polar semble passionnante.

– Merci, je réponds en rougissant.

Je désigne le livre de Peter Wells.

– J'aimerais avoir le même succès un jour. *Les trois empires de Kernaven* ont été traduits en une trentaine de langues et les droits achetés pour le cinéma. Sans oublier un jeu vidéo à venir. De quoi faire pâlir d'envie n'importe quel auteur.

Quelques notes du générique de *Dexter* me signalent que j'ai reçu un message.

« G encore mal o crane. Je te rejoins plus tard » Thomas. Je réponds : « OK ».

Je m'installe et sors le feutre noir avec lequel je dédicace. J'ai déjà mes manies ! Une demi-heure plus tard, j'ai signé une dizaine de livres. Peter Wells se fait désirer. Devant sa table, une quarantaine de personnes patientent, au premier rang desquelles « mon » gobelin, rencontré dans le train. Voilà un fan inconditionnel ! Soudain une vague de murmures s'élève, suivie d'applaudissements.

Peter Wells a le sens du spectacle. Habillé à la façon des gnomes de son récit, tunique et bottines vertes sur un pantalon de la couleur des cèdres légendaires des trois empires, il porte de longues oreilles pointues et une perruque aux cheveux frisés.

Il se tient courbé pour paraître plus petit et lance un « Wizar ! » tonitruant, aussitôt repris par la foule, qui signifie « Bienvenue » dans la langue des habitants de Kernaven.

Il m'adresse un clin d'œil de connivence et dédicace son premier livre. La file de ses amateurs est toujours aussi longue alors que la mienne s'est tarie. J'en profite pour envoyer un SMS à Anne et lui proposer qu'on se voie. Elle me répond presque aussitôt et nous nous donnons rendez-vous à l'espace cafétéria du salon. Le brouhaha des visiteurs nous isole comme une bulle protectrice.

– Thomas n'est pas avec toi ? questionne Anne, dont les pommettes rosissent légèrement.

– Il a été agressé hier soir, alors qu'il se trouvait dans les vestiaires du gymnase, je réponds, le visage grave.

– Qu'est-ce qui s'est passé ? demande-t-elle, abasourdie. Est-ce qu'il va bien ?

– Oui, oui, ne t'inquiète pas. Il a juste été sonné. Son agresseur était masqué, mais ça pourrait être un type contre lequel il a porté plainte.

– C'est terrible ! s'exclame Anne.

Elle hésite puis ajoute :

– Tu peux me donner son numéro que je prenne de ses nouvelles ?

– Sans problème. Ça lui fera plaisir.

Et quand on parle du loup… Mon portable vibre. Thomas souhaite que je le rejoigne chez lui à midi. Le lieutenant Saramon veut nous voir.

J'abandonne Anne sur la promesse qu'on se retrouvera un peu plus tard avec Thomas et je retourne dédicacer une heure. Quand j'arrive chez lui, il est prêt à partir.

– Anne s'est inquiétée pour toi, je lance négligemment.

– Je sais, répond-il sur le même ton neutre. Elle m'a appelé.

Le lieutenant Saramon nous accueille en personne dès que nous arrivons. Après avoir demandé à Thomas s'il allait mieux, il entre dans le vif du sujet.

– Nos techniciens ont relevé de nombreuses empreintes dans le vestiaire, ce qui était prévisible. Si vous le voulez bien, nous allons prendre les vôtres afin de les écarter des empreintes suspectes. Nous procéderons de la même façon pour les sportifs susceptibles d'avoir déposé les leurs dans le vestiaire.

Thomas et moi hochons la tête dans un ensemble parfait, comme les deux labradors que Tonio – un lycéen obnubilé par le tuning – a placés sur la plage arrière de sa voiture – pour plaisanter, j'espère !

Le lieutenant glisse un tampon encreur devant nous.

– L'encre est invisible sur les doigts, explique-t-il, mais vos empreintes se déposeront parfaitement sur ce formulaire.

Une fois la formalité accomplie, Saramon se tourne vers Thomas :

– Quand vous avez lutté avec votre agresseur, il a heurté un portemanteau. Un fragment de son masque s'est arraché.

Le lieutenant glisse devant nous la photo d'un morceau de latex agrandi. Les lettres « OV », imprimées à l'encre rouge, apparaissent nettement.

– Nous n'avons pas trouvé de trace ADN sur ce masque mais nous espérons qu'il a été vendu dans la région, peut-être ici même et que ce fragment nous conduira à son propriétaire.

– Est-ce que la piste de Novembre a donné des résultats ? interroge Thomas.

– Pas encore, répond le lieutenant, mal à l'aise. Mais nous exploitons les vidéos des caméras de surveillance installées sur le trajet entre votre domicile et le gymnase. Croyez-moi, des enquêteurs chevronnés sont mobilisés pour résoudre cette affaire.

Nous ressortons du commissariat, dépités.

– Tu as le temps de manger un morceau ? demande Thomas.

Je n'ai pas besoin de jeter un coup d'œil à ma montre pour savoir que c'est possible.

– Sans problème. Je ne reprends mes dédicaces qu'à 15 heures. Propose à Anne de nous rejoindre. Elle pourra peut-être se libérer.

Thomas esquisse un sourire, preuve qu'il apprécie mon idée. Quatre SMS plus tard, Anne nous rejoint à la terrasse du *Café du Centre*.

En arrivant, elle dépose une bise sur la joue de Thomas.

– Comment vas-tu ? lui demande-t-elle.

– J'ai encore un peu mal à la tête. Je me sentirai mieux quand la police aura arrêté mon agresseur.

Anne n'a pas le temps de répliquer. Le serveur débarque avec un calepin. Nous commandons chacun un hamburger et une grande assiette de frites pour trois. Puis la conversation dérive sur le lycée, les manies des profs, nos copains. Thomas me demande si j'ai eu des nouvelles de Faustine, ma petite amie, ce qui lui permet de placer habilement qu'il est célibataire et à Anne de rétorquer un « Comme moi ! » qui lui arrache un sourire.

Elle nous entraîne ensuite jusqu'à une place au centre de laquelle s'élève une imposante église.

– Voici la collégiale élevée au XIIe siècle en l'honneur de saint Martin l'Espagnol qui tentait de convertir les habitants de Brive au christianisme, explique-t-elle avec sérieux. Malheureusement, le pauvre a été lapidé.

– J'habite ici depuis un an mais je ne connais rien à l'histoire de la ville, glisse Thomas.

– C'est une déformation que je dois à ma mère, précise Anne. Elle est responsable de l'office du tourisme et elle ne peut s'empêcher de commenter chaque bâtiment quand on fait du shopping ! Pour ma culture générale, paraît-il !

– Qui veut une glace ? demande Thomas en s'immobilisant devant un glacier. C'est ma tournée.

– Une double vanille-framboise ! s'exclame Anne avec gourmandise.

J'opte pour chocolat-pistache et Thomas choisit un duo caramel-vanille. La glace engloutie, Anne et moi repartons pour le salon tandis que Thomas annonce qu'il rentre chez lui.

Il tente de faire bonne figure mais je l'ai vu porter sa main à la tête plusieurs fois en grimaçant.

J'abandonne Anne à l'entrée de la foire et je me dirige vers mon stand.

Je me faufile dans les coulisses par une porte dérobée.

La libraire discute avec Adeline et un homme d'une quarantaine d'années. Son visage m'est familier sans que je puisse dire où je l'ai rencontré. Il s'amuse de ma perplexité.

– Nous nous sommes croisés hier après-midi, déclare-t-il. Vous étiez accompagné d'un jeune garçon handicapé.

J'ai un déclic. C'est le spectateur qui s'est décalé pour que je m'asseye à côté de Thomas durant la pièce de théâtre. Mais je ne suis pas au bout de mes surprises. Il se voûte légèrement et m'adresse un clin d'œil. Je devine soudain sa véritable identité : Peter Wells. C'est la première fois que je le vois sans le déguisement dont il s'affuble en public.

– Mon costume est un élément de marketing, explique-t-il en réponse à la question que je n'ai pas osé formuler à voix haute. Il me permet de préserver ma vie privée.

– Je n'ai pas encore ce problème, je rétorque en souriant.

– Votre ami ne vous accompagne pas ?

– N... non. On l'a agressé hier soir.

– Que s'est-il passé ? s'inquiète Peter Wells.

– Un homme a tenté de le tuer.

– De le tuer ? Mais qui, et pourquoi ? interroge-t-il, incrédule.

– Qui, on l'ignore. L'homme avait le visage dissimulé par le masque d'un de vos personnages. Thomas a déposé récemment contre une personne qui pourrait vouloir le supprimer.

– Incroyable ! s'exclame Peter Wells, abasourdi. Votre ami, il… il va bien ?

– Oui ! Il y a eu plus de peur que de mal, je réponds.

– Et son agresseur court toujours ?

– Pour le moment. Mais la police pense que son arrestation n'est qu'une question de temps.

– Ça ressemble au début d'un polar, s'étonne Peter Wells. À ce propos, j'ai lu les premières pages du vôtre. Vous avez un style nerveux. J'adore !

– Merci. Vous auriez envie d'en écrire un ?

Il enfile la tunique et les bottines de son déguisement avant de me répondre.

– Kernaven et son univers magique vont m'accaparer encore un certain temps, réplique-t-il avec une moue sceptique.

Son attachée de presse nous interrompt :

– Vos lecteurs vous attendent pour une dédicace !

– Le devoir nous appelle, conclut Peter Wells en ajustant sa perruque et ses oreilles pointues de gnome.

Puis, d'un pas décidé, il pousse la porte et lance un « Wizar » tonitruant.

« OV »

Je dédicace pendant les deux heures qui suivent. Je n'ai pas le temps de discuter avec mon prestigieux voisin. Devant son stand, une file ininterrompue de fans se presse sans lui laisser le moindre répit.

Dans une ambiance festive, les souffleurs de vers déclament de la poésie dans leurs tubes puis ils distribuent les prospectus pour la compagnie des Oxymores Vivants.

De mon côté, je me défends de façon honorable. Les lecteurs se succèdent assez régulièrement. De temps à autre, j'aperçois Anne qui m'adresse un signe de la main.

Vers 17 heures, Thomas s'approche du stand, le visage fermé.

– Tu peux faire une pause ? me demande-t-il.

– Sans problème.

Nous nous frayons un chemin à travers la foule jusqu'à un point restauration. Nous commandons chacun un Coca.

– Novembre a été arrêté.

– Enfin une bonne nouvelle ! À voir ta tête, j'ai cru qu'il y avait un problème.

– C'est tout comme, rétorque Thomas. Il a un alibi pour hier soir. Ce n'est pas lui qui a tenté de m'étrangler.

– Il a peut-être menti. Il n'a sûrement pas très envie qu'on lui colle sur le dos une tentative de meurtre.

– Son alibi est corroboré par des images de vidéo-surveillance. Ce n'est pas lui, martèle Thomas.

Je reste silencieux un bon moment.

– Tu as des ennemis ? je demande gauchement, tellement ma question me paraît stupide. Je veux dire autres que l'homme que tu as identifié ?

Thomas hausse les épaules.

– Quelqu'un à qui j'aurais piqué son fauteuil roulant ? ironise-t-il.

– Je sais, c'est idiot, mais j'ai du mal à croire que ton agresseur se soit trompé de cible ou que tu te sois trouvé au mauvais endroit au mauvais moment.

– Ça m'est déjà arrivé, pourtant, rétorque-t-il en tapotant la roue de son fauteuil. Crois-moi, parfois, on ne demande rien et la vie bascule.

Ses yeux se mouillent. L'évocation de son accident est toujours aussi douloureuse. De la colère gronde en lui, mais j'ai l'impression qu'elle est davantage dirigée contre lui-même qu'envers le chauffard. J'essaie de lui changer les idées.

– Tu m'accompagnes à mon stand ? je lui propose. Je te présenterai Peter Wells s'il a deux minutes à nous consacrer.

– L'auteur des *Trois empires de Kernaven* en personne ? se réjouit-il. Cool !

Cependant il nous faudra être patients. Le célèbre écrivain a fait lui aussi une pause. Mes yeux tombent sur les prospectus laissés par les souffleurs de vers. Soudain une hypothèse me donne le vertige.

– Qu'est-ce qu'il y a ? s'inquiète Thomas. Tu es blanc comme un cachet d'aspirine.

J'attrape le prospectus et je le lui tends.

– Les Oxymores Vivants ! « OV ». Les deux lettres imprimées sur le masque de ton agresseur ! Ce sont les initiales de cette compagnie. Ce masque lui appartient !

– Mais… balbutie Thomas. Pour quelle raison un comédien m'en voudrait-il ? Je n'ai pas applaudi assez fort ? Mon portable a sonné pendant la représentation ?

Il n'a rien perdu de son mordant !

Après un instant d'hésitation, je réplique :

– Ce n'est pas forcément un comédien mais une personne qui a eu accès aux costumes. En tout cas, ça vaut le coup de vérifier auprès de la troupe s'il leur manque un masque et si quelqu'un a remarqué un événement inhabituel.

– Il faudrait prévenir Saramon, non ? suggère Thomas.

Attendre que la police agisse n'a jamais été mon fort et Mantini, un commissaire qui m'a aidé par le passé, me l'a d'ailleurs reproché à plusieurs reprises.

– On est sur place. Ce serait dommage de ne pas en profiter pour rencontrer la troupe et nous faire notre propre opinion. Il sera toujours temps de mettre la police au courant.

– J'espérais que tu dirais ça, sourit-il.

Je suis Thomas qui se fraye un chemin dans la foule.

Nous nous rendons jusqu'à la salle où nous avons assisté à la représentation des Oxymores Vivants, hier. Un panonceau annonce que la prochaine séance se déroulera dans trois quarts d'heure, ce qui ne me dissuade pas de pousser la porte. La salle est vide et le rideau baissé.

– Les loges sont certainement derrière.

Nous longeons la scène et débouchons dans une sorte de caverne d'Ali Baba pour comédiens, non pas remplie d'or, mais d'une multitude de costumes et d'accessoires qui débordent de plusieurs malles posées sur le sol.

Vain'Hald et Paltrin le maladroit répètent une scène. Sans leur masque, je ne reconnais pas les deux autres, certainement les comédiens qui jouaient Gortz et Dark.

Le plus proche de nous – d'après sa corpulence je parierais qu'il s'agit de Gortz – nous interpelle tandis que ses yeux d'un bleu intense nous inspectent de la tête aux pieds.

– Désolé, jeunes gens, mais les loges sont privées et si vous souhaitez des autographes, il faudra revenir après le spectacle.

Surpris par cette intrusion, Vain'Hald et Paltrin s'interrompent. À côté de moi, Thomas dévisage les comédiens, sans doute dans l'espoir d'identifier l'un d'entre eux. Tous les quatre ont sensiblement la même stature et j'en viens à regretter que les suspects ne soient pas aussi faciles à reconnaître que dans *Le fugitif*, où le meurtrier de la femme du docteur Richard Kimble était… manchot !

– On ne vient pas pour la représentation, explique Thomas, qui scrute toujours les visages. Un homme m'a agressé hier soir et il portait le masque de Dark.

– Je suis navré de ce qui vous est arrivé, reprend l'acteur aux yeux bleus. Mais nous ne vous serons d'aucune utilité. Ces masques sont en vente un peu partout.

– Vos costumes, c'est du sur-mesure, non ? j'interviens. Ils sont différents de ceux qu'on trouve dans le commerce.

– Une costumière les fabrique à notre demande, pourquoi ? interroge le comédien qui joue Vain'Hald.

J'attrape un masque qui dépasse d'une malle.

Je le retourne et, comme je l'espérais, « OV » est tamponné à l'encre rouge.

– Celui qui nous intéresse portait les mêmes lettres.

Un silence pesant suit mes paroles, brusquement interrompu par un bruit de verre brisé. D'un geste maladroit, Paltrin vient de faire tomber une carafe d'une table. Sur scène, il ne joue peut-être pas un rôle de composition !

– Désolé, rougit-il.

Il entreprend de ramasser les plus gros éclats.

– C'est impossible, réagit le comédien qui a gardé le silence jusqu'à présent. Vous commettez une erreur.

Est-ce le fruit de mon imagination ? Je trouve son regard fuyant. Je suis prêt à parier qu'il joue le rôle de Dark ! Son visage, constellé de taches de rousseur, est livide.

Il s'imagine peut-être qu'on l'accuse parce que, sur scène, il porte le masque incriminé ?

– Je me suis battu avec mon agresseur, explique Thomas, et la police a retrouvé un morceau de son masque sur lequel figurent les initiales de votre compagnie. La police en a fait un agrandissement photographique. Il n'y a aucun doute possible. Il vous appartient.

Vain'Hald se tourne vers Dark.

– Tu veux bien sortir tes masques ? Tu en as combien ? Deux ? Trois ?

– Deux, maugrée le comédien qui se plie de mauvaise grâce à la demande de son collègue. Le premier est là, ajoute-t-il en attrapant un masque en partie caché par une cape.

Il le lance d'un geste brusque à Thomas qui le saisit au vol et l'examine rapidement. Il est intact et porte lui aussi le tampon de la compagnie. Pendant ce temps, Dark fouille dans une malle, posée dans un coin de la pièce.

– Pourquoi vous a-t-on agressé ? questionne Paltrin qui manque de renverser un portant lourdement chargé de costumes. On a cherché à vous voler ?

– Non. À me tuer.

Son affirmation résonne étrangement et chacun accueille ses paroles à sa manière. Vain'Hald semble troublé, Paltrin recule comme s'il avait reçu un coup de poing et bouscule au passage un miroir qu'il a juste le temps de retenir. Gortz lève les yeux au ciel comme si toute cette histoire était absurde.

Dark, quant à lui, a toujours le nez plongé dans les costumes. Il se redresse, l'air dépité.

– J'étais sûr qu'il était là, grogne-t-il.

Il fouille les autres malles avec autant de précautions que des policiers effectuant une perquisition et bientôt, des dizaines d'accessoires gisent dans la pièce.

– Il a disparu, capitule-t-il enfin.

Vain'Hald, depuis quelques minutes, dévisage Thomas, comme s'il avait devant lui le rescapé d'une explosion nucléaire. Sans paraître s'apercevoir du chaos qui règne, il s'approche de lui, le visage aussi blanc qu'un masque de la commedia dell'arte.

– J'ai déjà vu ton visage quelque part. Tu ne serais pas Thomas ? Thomas Lefranc ?

UNE LISTE DE SUSPECTS

À peine son nom prononcé, les autres acteurs semblent abasourdis.

– Vous me connaissez ? interroge-t-il, estomaqué.

– Tu ressembles beaucoup à ta mère ! s'exclame Vain'Hald. Elle gardait une photo de toi sur son bureau.

Devant l'air perplexe de Thomas, il poursuit :

– Notre troupe était en résidence dans le théâtre que ta mère dirigeait à l'époque où… cette voiture vous a renversés.

– Vous l'avez connue ! s'écrie Thomas, bouleversé.

– C'était quelqu'un de bien, déclare Dark, dont le visage a repris des couleurs. Son décès nous a profondément touchés. Et nous avons eu de la peine en apprenant que… ta situation.

Thomas reste muet, comme foudroyé. Je suis moi-même stupéfait. C'est aussi improbable de tomber sur les anciens collègues de sa mère que d'imaginer que l'un d'eux a agressé son fils hier soir.

– Qu'est-ce que tu fais à Brive ? questionne Gortz. Tu es venu pour la foire ?

– En fait j'habite ici. On a déménagé quelques semaines après la mort de maman.

La voix de Thomas se brise.

– C'est toujours difficile de faire le deuil d'une personne qu'on aime, affirme Vain'Hald.

– Dites-le à mon père. Il n'a pas eu la force de se séparer de ses affaires. Elles sont entreposées dans des cartons alors qu'on s'est installés depuis presque un an.

– Mais qui voudrait te tuer ? s'insurge Paltrin. C'est incroyable ! Ce n'était peut-être pas toi qui étais visé ?

– On n'en sait pas plus, rétorque Thomas. Le masque de votre compagnie est notre seule piste.

– Tu suggères que l'un de nous t'aurait agressé ? proteste Dark.

– En fait, on suppose qu'une personne s'est glissée dans les loges, je précise, qu'elle a volé le masque et s'en est servi quand elle a attaqué Thomas. Vous n'auriez rien remarqué d'inhabituel, juste après la représentation que vous avez donnée hier ?

Un effort de mémoire se lit sur le visage des quatre hommes. Celui de Dark s'éclaircit soudain.

– Le gobelin ! s'étrangle-t-il.

Je tressaille. À croire que ce curieux personnage me poursuit partout.

– Il se trouvait dans la loge avant notre arrivée et il a prétexté être venu demander des autographes.

– C'est assez rare pour le noter, se moque Paltrin.

– Il est parti comme s'il avait un train à prendre, enchaîne Gortz. Son discours était extrêmement confus et je me suis demandé s'il avait toute sa tête.

– Vous pourriez le décrire ? interroge Thomas.

Dark hausse les épaules.

– Il est resté très peu de temps dans la loge et je me souviens surtout de ses oreilles pointues et du bonnet en cuir rouge qu'il portait sur la tête. Je dirais qu'il a une quarantaine d'années. Il faisait ta taille, poursuit-il en se tournant vers Vain'Hald.

– Un mètre quatre-vingts, donc, répond celui-ci.

Cette description correspond à celle de « mon » gobelin, comme à de nombreux visiteurs du salon. J'essaie de me souvenir de la silhouette de l'agresseur. Elle correspond aussi.

– Ce type assistait à la représentation, se souvient Thomas. Son insistance à me dévisager m'a mis mal à l'aise.

– Il y a quelque chose qui cloche, je rétorque. Pourquoi aurait-il volé le masque alors qu'il ne t'avait pas encore vu ?

– Dans un premier temps il l'a peut-être dérobé simplement parce qu'il est fan des *Trois empires*, propose Thomas. Plus tard, lorsqu'il m'a agressé, il s'en est servi pour dissimuler son visage.

– Vous pourriez interroger l'auteur des *Trois empires de Kernaven*, suggère Gortz.

– Pourquoi ? je m'étonne.

– Il est venu nous voir après le spectacle, explique Paltrin le maladroit. Il n'est pas resté longtemps mais peut-être a-t-il remarqué un détail.

J'affiche une moue perplexe qui n'échappe pas à Vain'Hald.

– Tu ne penses pas que Peter Wells soit suspect, lui aussi ? s'étonne-t-il.

– Heu si… Enfin je ne sais pas. On était voisins pendant la représentation et nous dédicaçons l'un à côté de l'autre.

– Arthur écrit des polars, explique Thomas qui a intercepté un échange de regards étonnés entre les acteurs.

– Bravo ! s'exclame Vain'Hald.

– Merci.

– Que voulait Peter Wells ? demande Thomas.

– Nous féliciter pour la qualité de notre interprétation, répond Paltrin. Venant de sa part, ça nous a touchés.

– Il est resté longtemps ?

Le comédien hausse les épaules.

– Le temps d'un compliment et d'un selfie pour immortaliser l'instant.

Il extirpe son téléphone de la poche de son pantalon. Son pouce virevolte sur l'écran tactile puis il tourne l'appareil vers nous. On y voit Peter Wells et les quatre comédiens, les visages serrés les uns contre les autres pour apparaître sur la photo.

Une dernière interrogation me brûle les lèvres.

– Ensuite, qu'avez-vous fait ?

– Tes questions sont aussi précises que celles d'un enquêteur des *Experts*, s'amuse Dark.

Il se tourne vers Thomas.

– À quel moment as-tu été victime de cette agression ?

– Il devait être 19 heures.

– Mmm... C'est à peu près l'heure à laquelle nous nous étions donné rendez-vous pour dîner au restaurant de l'hôtel, *Le Relais*. Ce qui fait que chacun d'entre nous est l'alibi des autres.

Vain'Hald est sur le point d'ajouter quelque chose puis se ravise.

Nous les remercions pour l'aide qu'ils nous ont apportée et nous les abandonnons à leurs préparatifs.

– Qu'en penses-tu ? demande Thomas.

– Ils paraissent sincères et j'imagine mal un ancien collègue de ta mère s'en prendre à toi.

– J'ai l'impression qu'on fait fausse route, dit-il, amer.

– C'est possible. Mais puisqu'un fragment d'un de leurs masques s'est retrouvé sur les lieux de ton agression, ça reste notre meilleure piste.

D'autant que si ma maxime préférée est celle d'Aragon : écrire c'est « mentir vrai », celle des acteurs pourrait être : jouer, c'est « mentir vrai ». Qui, mieux qu'un comédien, est capable de prononcer un mensonge avec sincérité ?

LA THÉORIE D'ANNE

Dès notre sortie de la pièce, le brouhaha du salon nous enveloppe. Il est bientôt 18 heures, mais de nombreux visiteurs se promènent encore dans les allées. Thomas s'écarte pour téléphoner à Saramon. L'échange dure quelques minutes. Quand il raccroche, Thomas affiche une mine circonspecte.

– Saramon n'a pas apprécié qu'on *marche* sur ses plates-bandes, dit-il en détachant le mot « marche ». Il m'a fermement recommandé de ne plus jouer au détective.

– Qu'est-ce qu'il pense de nos déductions ?

– Il a paru intéressé par la disparition du masque. J'imagine qu'il interrogera les acteurs, sans oublier le gobelin et Peter Wells. Quel est le programme maintenant ?

– Tant qu'on est sur place, allons discuter avec lui, je propose.

– Histoire d'obéir aux ordres de Saramon, ironise Thomas en éclatant de rire.

Nous patientons le temps que l'auteur dédicace ses derniers livres. Il nous adresse un clin d'œil pour nous signaler qu'il nous a repérés puis il nous invite à le rejoindre dans les coulisses. Après les présentations d'usage, Peter Wells s'adresse à Thomas :

– Arthur m'a appris les événements d'hier soir. Vous avez une idée du responsable ?

– Pas encore, répond-il. Mais Arthur a découvert que mon agresseur avait utilisé un masque appartenant à la troupe des Oxymores Vivants.

– Celle qui joue la pièce tirée de mon livre ? s'étrangle Peter Wells.

– Oui. On est allés discuter avec eux, j'interviens. Je ne pense pas qu'un des acteurs soit le coupable, mais il leur manque un masque.

– Et puis ils ont un alibi, coupe Thomas qui a intégré le langage des séries policières. D'après eux, deux personnes au moins ont eu accès à leurs costumes ce soir-là : un gobelin et... vous-même.

Thomas ne manque pas d'audace. Je jette un coup d'œil à Peter Wells. Je me demande comment il va prendre cette accusation à peine voilée. Il retire lentement sa perruque avant de s'exclamer, le sourire aux lèvres :

– Vous me soupçonnez ? C'est comme dans un de vos romans, ajoute-t-il en s'adressant à moi. À quelle heure a eu lieu l'agression ?

– 19 heures.

Il fronce les sourcils et fait mine de réfléchir en exagérant l'effort de concentration.

– C'est que je n'ai pas l'habitude d'être au centre d'une intrigue policière, s'excuse-t-il. Ah oui ! Je me souviens maintenant. Je participais à une conférence sur les rapports entre les personnages de fantasy et la mythologie. Quel est l'alibi des acteurs ?

– Ils étaient au restaurant de leur hôtel, *Le Relais*.

– Nous partageons la même cantine et le même toit, déclare Peter Wells.

Nous discutons encore quelques minutes puis il nous abandonne. La foire va fermer dans peu de temps. Thomas attrape son portable et lit un SMS qu'il vient de recevoir.

– Anne propose qu'on aille boire un verre en ville.

– Très bonne idée ! Je vous laisse. Je vais en profiter pour aller écrire un peu.

– Pas question ! s'écrie Thomas en souriant. Tu es aussi invité. Je la verrai tout seul plus tard si elle en a envie. Pour le moment, tu es mon garde du corps officiel !

– OK ! Si tu veux.

Anne nous rejoint à la sortie du salon.

– Il y a du nouveau ? questionne-t-elle en nous dévisageant tour à tour, les sourcils froncés.

– Ça se voit tant que ça ? s'étonne Thomas.

– Comme le nez au milieu du visage ! Je vous emmène au *Chapitre 5*, un bar du centre-ville. Vous me raconterez là-bas.

Quand nous poussons la porte du *Chapitre 5*, je comprends qu'Anne n'a pas choisi cet endroit par hasard. Les étagères qui couvrent les murs de l'établissement sont chargées d'ouvrages de toute sorte et des bouteilles de vin font office de serre-livres.

– On peut réellement emprunter ces bouquins, glisse Anne. De temps en temps, le patron organise une rencontre avec un écrivain ou des débats entre lecteurs.

Sur les murs, Albert Camus, George Orwell, Stephen King, Fred Vargas, Amélie Nothomb et bien d'autres nous scrutent d'un œil amical. Leur point commun : chacun déguste un verre de grand cru.

– Sympa cet endroit, je déclare.

– Je découvre enfin Brive ! s'enthousiasme Thomas.

Une fois que nous sommes tous attablés devant un soda – le bar ne sert pas que du vin – Thomas raconte comment les deux lettres « OV » nous ont conduits jusqu'aux acteurs de la compagnie des Oxymores Vivants.

– Ce qui est incroyable, je déclare, c'est qu'ils travaillaient dans le théâtre tenu par ta mère.

Anne ouvre des yeux ébahis. Elle garde le silence un long moment puis elle s'écrie :

– C'est une plaisanterie ? Est-ce que je suis la seule à remarquer l'évidence ?

Devant notre mutisme, elle énumère, tout en relevant les doigts au fur et à mesure :

– Un : il y a un peu plus d'un an, alors que la compagnie des Oxymores Vivants jouait dans le théâtre de ta mère, tu as été renversé par un chauffard.

Elle se tourne vers Thomas, l'air grave.

– Deux : hier, un homme t'agresse alors que cette même troupe se produit à Brive. Trois : ton agresseur porte un masque qui lui appartient.

Elle nous dévisage à tour de rôle et plonge ses yeux dans ceux de Thomas. Je devine ses prochaines paroles.

– Un des acteurs est le chauffard qui vous a renversés, ta mère et toi.

Thomas se redresse comme s'il avait reçu une décharge électrique. Mais l'expression de son visage trahit un profond scepticisme.

– C'est un peu tiré par les cheveux, non ? Une élucubration d'auteur, fait-il en me lançant un regard ironique en coin. Je suis le premier à vouloir que ce type finisse derrière les barreaux, poursuit-il. Mais pourquoi s'en prendre à moi ? Et puis les comédiens ont un alibi en béton. À l'heure où j'ai été agressé, ils étaient ensemble. Alors à moins d'imaginer une conspiration…

– Tu leur as demandé si l'un d'entre eux s'était absenté ? insiste Anne qui ne démord pas de son idée.

– Même si tu avais raison, je serais incapable de reconnaître le conducteur de la voiture, rétorque-t-il.

Je réalise à ce moment qu'on n'a jamais vraiment parlé des circonstances de l'accident.

– Tu n'as pas vu son visage ? je questionne.

Thomas poursuit, la voix brisée :

– C'était le dernier jour des vacances de février. J'avais entraîné ma mère au cinéma pour voir une comédie. Après le film, au moment où on traversait la rue sur un passage pour piétons, une voiture a percuté ma mère de plein fouet. Moi, j'ai été projeté à plusieurs mètres. Son corps m'a protégé. Elle a été tuée sur le coup. Je n'ai appris sa mort qu'en reprenant conscience, après cinq jours de coma.

Une larme coule le long de son visage.

– Ce salopard est descendu de sa bagnole. Il a vérifié si on était encore vivants. D'abord maman, puis il s'est penché au-dessus de moi. J'ai tendu une main vers lui. Il s'est écarté. Il est resté planté là quelques secondes puis je me suis évanoui. Il est parti sans même prévenir les secours.

J'ignorais que le chauffard était sorti de sa voiture. Thomas serre les poings à l'évocation de ces souvenirs.

– Maman voulait rester à la maison. Elle se plaignait d'avoir mal à la tête. Si je n'avais pas insisté pour qu'on aille au cinéma, elle serait toujours en vie.

Je comprends mieux l'origine de la colère qui bouillonne en lui. La gorge nouée, je l'interroge :

– Et tu n'as gardé aucun souvenir du visage du chauffard ?

– Aucun.

– Sauf qu'il l'ignore, souligne Anne, bouleversée par le récit de Thomas. Essaie de te mettre à sa place : il a tué une personne et en a mis une autre dans un fauteuil roulant. Tu ressurgis alors qu'il se croyait à l'abri. Il risque des années de prison. C'est un mobile suffisant pour supprimer le seul témoin susceptible de l'identifier, non ?

– Mais je ne l'ai pas reconnu, insiste Thomas. Si ç'avait été le cas, je ne serais pas resté indifférent et il s'en serait aperçu.

– Bien sûr. Mais il a pu avoir peur que la mémoire te revienne brusquement.

– Anne n'a pas tort, je coupe. Tu te souviens du premier endroit où nous sommes allés, après le salon, hier ?

Thomas demeure silencieux quelques secondes avant de répondre.

– Saramon m'a fait venir pour que je confirme l'identité de Novembre.

Sa pensée a suivi le même cheminement que moi.

– Après le spectacle des Oxymores Vivants, le chauffard nous suit quand nous sortons du salon, reprend-il, et il nous voit entrer dans le commissariat.

– Pour lui, le doute n'est plus permis, j'enchaîne. Il est persuadé que tes souvenirs ont refait surface et que tu es allé le dénoncer. Il décide de te supprimer un peu plus tard dans la soirée.

– Le chauffard serait donc bien un des acteurs, murmure Anne.

– Pas forcément, je reprends en me tournant vers Thomas. Le gobelin qui te dévisageait avec insistance est un suspect possible.

– Sans oublier le très célèbre Peter Wells ! rétorque-t-il.

Devant la moue interrogative d'Anne, je lui explique que l'auteur aurait eu l'opportunité de subtiliser le masque après le spectacle.

– Mais il a lui aussi un alibi, dis-je en guise de conclusion. Il participait à une conférence sur les personnages de fantasy.

– Ça, ça m'étonnerait ! coupe-t-elle. Elle a été annulée !

Thomas et moi échangeons un regard interloqué. Pourquoi Peter Wells a-t-il menti ? J'ai du mal à le croire coupable. Sans doute à cause de la sympathie qu'il m'inspire. Mais parmi nos suspects, c'est probablement celui qui a le plus à perdre. Je me promets de l'interroger dès que possible.

MANTINI À LA RESCOUSSE

Thomas semble secoué. J'imagine assez bien ce qui se passe dans sa tête. Si nos déductions sont justes, il a été en présence de l'homme qui a tué sa mère et qui l'a cloué dans ce fauteuil. Anne a posé sa main sur son épaule, en signe de réconfort. Il est temps que je m'éclipse.

– Je vous abandonne. J'ai un coup de fil à passer. Anne, à plus tard !

Je dépose un billet sur la table et je file en direction du centre-ville, en réprimant un sourire.

À Thomas et Anne de jouer, maintenant ! Tout en déambulant dans les rues, je compose le numéro du commissaire Mantini. C'est un personnage étonnant, au physique proche de ses homologues littéraires, Hercule Poirot et Maigret. Quand j'ai eu besoin de lui, que ce soit pour apporter des précisions à mes intrigues ou me prêter main-forte dans la vie réelle, il a toujours répondu présent. Il décroche à la troisième sonnerie.

– Mantini, grogne-t-il de sa voix reconnaissable entre mille.

– Bonjour. C'est Arthur Thaur. J'aurais besoin d'un service.

Un ricanement sarcastique retentit.

– La dernière fois que vous avez prononcé ces mots, vous étiez à la recherche de votre père. Il s'est à nouveau volatilisé ?

– Non, non. J'essaie d'aider un ami.

En quelques mots, j'explique la situation et les renseignements dont j'ai besoin.

– Si j'ai bien compris, résume le commissaire, vous me demandez de m'immiscer dans l'enquête de mes collègues, de vérifier si les quatre acteurs qui jouent dans la compagnie des Oxymores Vivants ont déjà commis des infractions au code de la route, comme une conduite en état d'ivresse ou des excès de vitesse. Parce que, selon vous, l'un d'eux pourrait être le chauffard qui a renversé votre ami et qui aurait tenté de le supprimer par peur qu'il l'identifie.

– Heu... oui.

– Je peux vous faire part de mon avis ?

– Oui, bien sûr.

– Je sais que vous êtes capable de faire preuve d'une imagination débordante et je dois reconnaître que, par le passé, elle vous a plutôt bien servi. Mais là, je crois que vous faites fausse route – sans mauvais jeu de mots. Qu'il soit sous l'emprise de l'alcool, de la drogue ou simplement incapable de faire face à ses responsabilités, le conducteur qui provoque un accident et prend la fuite est en proie à la plus grande confusion. D'ailleurs, certains d'entre eux, quand ils reprennent leurs esprits, se rendent parfois à la police.

Je n'avais jamais entendu Mantini prononcer une tirade si longue. J'attends la suite avec une pointe d'inquiétude.

– Croyez-en mon expérience de flic : causer un accident mortel ne fabrique pas un tueur de sang-froid… Au contraire, cela détruit au moins deux vies. Celle de la victime et celle de l'auteur du drame.

Les propos de Mantini me font l'effet d'une douche froide. S'il a raison, notre théorie du chauffard qui revient supprimer un témoin gênant s'écroule aussi sûrement qu'un château de cartes après un coup de vent.

– Donnez-moi le nom de ces acteurs, reprend le commissaire, qui doit percevoir mon désarroi.

Je les lui transmets et le remercie. Au moment de raccrocher, je me ravise. D'un ton hésitant, je demande :

– Le père de Thomas m'a parlé d'un employé du théâtre, qui aurait été victime d'un vol qui lui a coûté la vie, la veille de l'accident. Vous pourriez en savoir plus ?

– Ça a un lien avec notre affaire ? s'étonne Mantini.

– Heu… non. Je ne crois pas. C'est plutôt une… intuition.

– Comment s'appelle votre homme ?

– Heu… Je n'en ai aucune idée.

À l'autre bout du fil, le commissaire pousse une sorte de plainte.

– Ça aurait été trop simple, grince-t-il. Je vous rappelle.

Je retourne lentement chez Thomas. Quelque chose m'échappe, mais quoi ? Si un des acteurs était responsable de cet accident, il aurait prévenu les secours, d'autant qu'il connaissait les victimes !

Je repense à Peter Wells. Pourquoi a-t-il menti ? Depuis le début, je refuse de voir en lui un coupable parce qu'il m'inspire de la sympathie, mais si je me trompais ? À l'époque de ce drame, sa carrière d'écrivain était en plein essor. Les lecteurs s'arrachaient *Les trois empires de Kernaven*. Quel aurait été son avenir s'il avait causé la mort d'une femme et la paralysie de son fils ? Je n'ai pas de mal à imaginer le déferlement médiatique. Et ce serait pire maintenant. Une telle révélation briserait sa carrière.

Si Mantini avait raison ? Si l'agression dans le gymnase n'avait aucun lien avec cet épisode tragique ? Si c'était un complice de Novembre qui avait tenté de tuer Thomas ?

Je me sens ragaillardi par cette hypothèse. J'en ferai part à Saramon. Je traîne encore un peu en ville quand mon téléphone sonne. Faustine ! Sa photo s'affiche sur mon écran. Mon cœur s'emballe.

– Je suis à l'aéroport de Bastia ! s'exclame-t-elle joyeusement. On prend l'avion pour Paris dans quelques minutes. J'ai cinq barrettes. Je n'ai pas besoin de me contorsionner par la fenêtre de ma chambre à la recherche d'une connexion, alors j'en profite !

– Tu me manques ! J'ai hâte de te revoir !

Nous passons un bon moment à échanger des propos que Guillaume et Alexis, mes deux meilleurs potes, classeraient dans la catégorie « in love ».

– Comment ça va avec Thomas ? questionne enfin Faustine, à qui j'avais fait part de mon appréhension à l'idée de nos retrouvailles.

– Très bien… mais il s'est passé *quelque chose*.

Je lui explique dans le détail.

– Incroyable ! réagit Faustine. J'espère que la police mettra la main sur ce chauffard.

– Je l'espère aussi mais Mantini a l'air de croire qu'il s'agit d'une théorie farfelue.

– Et comment elle est cette Anne ? glisse Faustine sur un ton faussement détaché.

– Thomas la trouve cool, je réponds, amusé.

– Mon vol est annoncé ! lance-t-elle, rassurée. On se voit au lycée !

Thomas est déjà rentré quand j'arrive. Il est en grande discussion avec son père.

– Qu'est-ce que tu en penses, Arthur ? me demande celui-ci.

Je n'ai pas besoin qu'il précise à quel propos il veut mon avis. Je réponds franchement :

– Il est possible que Thomas ait croisé le chauffard, que celui-ci nous ait suivis quand nous sommes allés au commissariat et qu'il ait cru qu'on s'y rendait pour le dénoncer. Mais ce n'est pas forcément un des acteurs. Peut-être le gobelin…

– Ou l'auteur des *Trois empires de Kernaven*, complète Thomas.

J'acquiesce avant d'ajouter :

– J'ai parlé au commissaire Mantini. Selon lui, une personne qui provoque un accident, même mortel, ne se transforme pas pour autant en tueur de sang-froid.

– Je suis d'accord, affirme M. Lefranc.

– J'ai une autre idée, j'annonce après un temps d'hésitation. La police a abandonné la piste de Novembre. Mais s'il avait demandé à un complice d'agresser Thomas pendant qu'il se laissait filmer par les caméras de surveillance pour se forger un alibi en béton ?

Mon hypothèse trouve un écho chez Thomas et son père.

– Demain, j'en parlerai à Saramon, promet celui-ci.

La journée a été longue. Après le repas, je file dans ma chambre. J'échange des SMS avec Lina, ma demi-sœur. Elle a passé l'après-midi à la plage. Je m'évade un instant à Fort-de-France et ses 30 °C à l'ombre, mais le froid humide de ma chambre me tire de ma rêverie.

J'extirpe mon ordinateur de sa sacoche.

Je l'allume et ouvre un nouveau document.

J'ai besoin de mettre des mots sur les événements. Pour m'aider à y voir plus clair. Est-il possible qu'un des acteurs soit le chauffard ?

La pièce avait commencé depuis une dizaine de minutes quand il reconnut le garçon. Il était là, au premier rang. Ce fut comme s'il avait devant lui un revenant. Le souffle coupé, il eut la plus grande peine à ne pas trahir son trouble. Il lança sa tirade à son partenaire en bafouillant.

Que faisait-il là ? Il savait par les journaux qu'il avait survécu à l'accident et qu'il était handicapé, mais leurs chemins n'étaient pas destinés à se croiser à nouveau. Il appartenait à son passé. Un passé qui devait rester enterré. Comme sa mère, pensa-t-il avec cynisme.

Il avait l'impression que le garçon le dévisageait, alors qu'ils étaient quatre sur scène. Il imagina le pire. Qu'il le pointe d'un index accusateur et se mette à hurler « C'est lui ! C'est le chauffard qui a tué ma mère ! ».

Mais la pièce s'acheva sous les applaudissements des spectateurs. À peine le rideau refermé, il se rua dans les coulisses. Il dissimula sous ses vêtements un masque qui traînait, plus par instinct que dans l'idée de s'en servir.

– T'as un train à prendre ? plaisanta l'un des comédiens.

Un homme se dressa devant lui alors qu'il s'apprêtait à se glisser hors des coulisses. Peter Wells. L'auteur des Trois empires de Kernaven *venait les féliciter.*

L'homme pesta intérieurement. Les minutes qui suivirent parurent durer une éternité. Enfin, après une photo souvenir où son visage affichait un rictus plutôt qu'un véritable sourire, il put s'esquiver sans se montrer impoli.

La chance était avec lui. Le jeune garçon et un de ses amis patientaient dans la salle le temps que les spectateurs sortent. L'homme se tint en retrait. Le gamin l'avait-il réellement identifié ? Il décida de les suivre.

Il grimaça quand il les vit franchir les portes du commissariat. Le garçon l'avait reconnu ! Il allait le dénoncer !

Rapidement, il échafauda un plan et se félicita d'avoir emprunté le masque de Dark. Il attendit le moment favorable pour passer à l'action.

Qui sait ? Les événements se sont peut-être déroulés de cette façon. J'aimerais bien mettre un nom derrière ce « il ». J'enregistre mon document puis éteins l'ordinateur. Un bruit de verre brisé, quelque part dans la maison, résonne. Je jette un coup d'œil à ma montre. Je n'ai pas vu le temps passer, il est presque une heure du matin.

J'entrouvre ma porte.

– Thomas ?

Mon appel se heurte au silence. J'ai peut-être rêvé. Je fais quelques pas dans le couloir, laissant mes yeux s'habituer à la pénombre. Je m'apprête à regagner ma chambre quand un trait de lumière passe furtivement sous une des portes. Apparemment, Thomas est victime d'insomnie.

Je frappe et, sans attendre la réponse, je l'ouvre.

– Tu as du mal à…

La pièce est plongée dans l'obscurité. Une silhouette, penchée au-dessus d'un carton qu'elle éclaire d'une lampe torche, se fige.

– Qu'est-ce que vous faites là ?

Ma question est ridicule mais c'est la seule qui me soit venue à l'esprit. Je me précipite sur l'intrus, bute contre un obstacle. Une douleur vive irradie ma jambe gauche. Je serre les dents. Le cambrioleur m'aveugle, me pousse en arrière. Je perds l'équilibre et je m'effondre dans les cartons.

Je me relève en pestant. Je palpe le mur jusqu'à ce que mes doigts rencontrent un interrupteur. La lumière inonde la pièce. L'intrus n'a pas demandé son reste. Il est reparti comme il est arrivé : par la fenêtre dont il a brisé un carreau.

DES ALIBIS FRAGILES

– Qu’est-ce qui se passe ici ? demande Thomas en découvrant les cartons éventrés. Tu vas bien ?

Je sursaute au son de sa voix. Il s’est approché en silence.

– J’ai fait fuir un cambrioleur.

– J’ai entendu du bruit, mais le temps que je me lève, grogne Thomas en désignant son fauteuil, tu m’as devancé.

Je jette un coup d’œil circulaire. De nombreux cartons sont soigneusement empilés le long du mur – hormis ceux qui ont été fouillés par l’intrus.

Une fine couche de poussière les recouvre. Je me rappelle les paroles de Thomas. Le fantôme de sa mère plane dans cette pièce remplie des souvenirs dont son père n'a pas pu se séparer.

Je prends soin de fermer les volets. À défaut de barreaux, c'est une protection minimale. M. Lefranc débarque, les cheveux hirsutes et les yeux lourds de sommeil.

– J'ai pris un somnifère, s'excuse-t-il en parcourant du regard la pièce. Qu'est-ce qui se passe ici ? demande-t-il, répétant presque mot pour mot les paroles de son fils.

– Arthur a surpris un cambrioleur, explique Thomas.

– Il a cassé un carreau pour ouvrir la fenêtre et entrer. Je ne sais pas s'il a dérobé quelque chose.

– Ces cartons ne renferment aucun objet de valeur, note M. Lefranc. Quant aux rares bijoux que possédait ma femme, je les conserve dans un coffre.

– Ce cambriolage pourrait être l'œuvre de Novembre, non ? s'inquiète Thomas.

– C'est peu probable, je réponds. S'il avait découvert ton adresse, c'est à toi qu'il s'en serait pris.

– Je vais quand même appeler la police, intervient M. Lefranc, soucieux. À mon âge, je n'aime pas les coïncidences.

Vingt minutes plus tard, deux agents sonnent à la porte.

M. Lefranc les entraîne jusqu'à la pièce où j'ai surpris le cambrioleur.

– On vous a volé quelque chose ? demande le plus âgé des policiers, tandis que son collègue examine la fenêtre.

– Il n'y a pas d'objets de valeur, répète le père de Thomas. Je vous ai prévenus parce que mon fils a témoigné contre un homme et je voudrais être sûr que ce cambriolage n'est pas une vengeance de sa part.

– J'informerai le lieutenant Saramon de ce nouvel incident, promet le policier. Par contre, nous ne sommes pas équipés pour relever les empreintes. Ne touchez à rien et fermez cette pièce jusqu'à ce que nos collègues viennent demain matin avec le matériel adéquat.

Après le départ de la patrouille, nous discutons encore une dizaine de minutes puis nous retournons nous coucher. Le sommeil me terrasse sans que je m'en aperçoive.

L'alarme de mon téléphone me réveille en sursaut, six heures plus tard. La lumière du jour filtre à travers les interstices des volets.

Je me douche puis avale deux tartines trempées dans un café au lait. Thomas dort encore mais le bol dans l'évier m'indique que son père est déjà parti. En tant que vétérinaire, il participe à la journée portes ouvertes qu'organise la SPA pour conseiller les visiteurs qui voudraient recueillir un animal.

Il n'est pas tout à fait neuf heures et le soleil a l'air disposé à prolonger l'été.

Ma séance de dédicaces n'est prévue qu'à dix heures. Mes pas me conduisent presque naturellement jusqu'au commissariat. Saramon n'a pas l'air surpris de me voir débouler dans son bureau. Il raccroche son téléphone et me demande :

– Vous venez pour évoquer votre théorie concernant le chauffard ?

Le lieutenant s'amuse de mon air interloqué.

– Je n'ai aucun don de voyance, précise-t-il. J'ai reçu un coup de fil du commissaire Mantini, qui m'a informé, par courtoisie professionnelle, de votre hypothèse.

– J'imagine qu'il a évoqué ses doutes.

– Je les partage, confie Saramon.

Le contraire m'aurait étonné.

– Cependant, j'ai accepté qu'il se renseigne sur le passé des acteurs et je compte les interroger dans la journée. Comme vous le voyez, je n'écarte aucune piste.

– Merci, je murmure. Il y a aussi... un gobelin.

Malgré ma répugnance à le considérer comme un suspect potentiel, j'ajoute :

– Et un auteur, Peter Wells.

Saramon hoche la tête.

– J'ai interrogé ce fameux « gobelin » – je continuerai de l'appeler ainsi pour préserver son identité. C'est une personne fragile qui a séjourné en hôpital psychiatrique. Quand vous êtes arrivé, j'étais justement au téléphone avec le médecin qui l'a suivi. D'après lui, il vit dans un monde imaginaire mais en aucun cas il ne commettrait un acte violent.

Je n'en suis pas aussi sûr que lui.

– Il a un alibi à l'heure où Thomas a été agressé ?

Le lieutenant fait la moue.

– Ses propos ne sont pas toujours très… cohérents. Actuellement, j'essaie de procéder à des recoupements. Grâce à son médecin, je suis sûr d'une chose. À l'époque de l'accident qui a coûté ses jambes à votre ami, il était dans un hôpital psychiatrique. Il n'est donc pas responsable.

Saramon me lance un regard interrogateur que je décrypte comme étant une invitation à le laisser travailler. Mais je n'ai pas fini.

– Et si Novembre avait un complice ?

Un soupçon d'agacement traverse le visage du lieutenant.

– Mantini m'avait prévenu que l'obstination était un trait de votre caractère. Il n'a pas menti ! lance-t-il vivement. Je vais vous faire un aveu. Je ne crois pas plus à cette thèse qu'à celle du chauffard. Novembre est connu pour des vols avec violence. C'est un voyou qui enchaîne les séjours en prison comme d'autres enchaînent les cures de thalasso. Pourquoi prendrait-il le risque d'être accusé d'un meurtre ? Ça ne colle pas avec son profil de délinquant.

– Justement, à propos de vol…

– Vous voulez sans doute parler du cambriolage de cette nuit ? coupe Saramon. Mes collègues m'en ont informé et monsieur Lefranc est passé ce matin pour déposer plainte. La scientifique vient de partir à son domicile. Mais je dois vous avouer que pour le moment, je ne vois pas de lien entre nos deux affaires.

Je ressors découragé du commissariat. À en croire Mantini et Saramon, les deux pistes mènent à des impasses. Il est presque 10 heures quand je me présente à mon stand. Sylvie, « ma » libraire et Adeline, l'attachée de presse, discutent tout en disposant des piles de livres sur les tables. Je leur adresse un signe de la main puis je me faufile dans les coulisses. Peter Wells sirote un café. Il s'inquiète de mon air sombre.

– Il y a du nouveau ?

– Est-ce qu'on pourrait d'abord parler de votre participation à cette *fameuse* conférence sur les personnages de fantasy qui n'a pas eu lieu ?

– J'aurais dû jouer franc-jeu, regrette-t-il, le visage contrit, mais je ne suis pas tout à fait libre de mes paroles. Je vous demanderai donc de garder le secret.

J'acquiesce.

– J'avais un rendez-vous avec mon éditeur et un réalisateur américain qui souhaite acheter les droits de mon livre pour en tirer une série télévisée. Nous n'en sommes qu'au stade des négociations et notre interlocuteur a exigé la plus grande discrétion.

Ses paroles me rassérènent. Voilà qui explique son mensonge et qui l'écarte de la liste des suspects. C'est à peine si l'idée qu'il pourrait me duper m'effleure.

– Par contre, j'ai une nouvelle qui va certainement vous intéresser ! s'enthousiasme-t-il en se penchant vers moi, les yeux brillants. J'ai discuté avec le directeur du restaurant.

J'écoute attentivement.

– Les acteurs avaient bien réservé une table pour 19 heures, rapporte Peter Wells, mais un seul était à l'heure. Les trois autres sont arrivés plus tard.

– Lequel était ponctuel ? j'interroge.

– J'ai posé la même question au directeur, déclare fièrement l'écrivain. C'est celui qui joue Gortz, vous savez, l'empereur de Kernaven…

Un suspect de moins.

Une fois n'est pas coutume, je me sens prisonnier de la séance de dédicaces. Mon départ est prévu ce soir, à la fin du salon, et je doute que ma mère accepte que je prolonge mon séjour, dans la mesure où son lapin a cours demain matin ! Or, d'après les déclarations de Peter Wells, trois des acteurs possèdent un alibi des plus fragiles.

Anne et Thomas m'apportent la solution. Ils surgissent devant moi le visage radieux. Inutile de demander pourquoi ! En quelques mots, je leur rapporte les révélations de Peter Wells et leur explique que je suis bloqué par la séance de signatures.

– En résumé, dit Thomas, tu voudrais qu'on retourne voir la troupe des Oxymores

Vivants et qu'on les torture jusqu'à ce qu'ils avouent les raisons de leur retard.

– À peu de chose près, c'est ça, je réponds en rigolant.

– Mission acceptée, déclare Anne en se mettant au garde-à-vous.

– Au fait, ajoute Thomas. Une équipe des « Experts » est passée à la maison. Ils n'ont relevé aucune empreinte. Le cambrioleur portait certainement des gants.

Une impasse de plus.

À peine assis, Peter Wells est déjà en train de signer et la file de ses fans s'allonge gentiment. Il est presque 11 heures à ma montre. Les lecteurs de mon polar font partie des lève-tard car il n'y a encore personne devant mon stand. Mon portable vibre dans ma poche. Mantini ! Je me lève et me réfugie dans les coulisses, sous l'œil étonné de la libraire.

– J'ai vos renseignements, grogne le commissaire.

Il a toute mon attention.

– En premier lieu, aucun de vos acteurs n'a de casier judiciaire ou n'a eu de problèmes liés à de la délinquance routière.

Tout juste deux points retirés sur le permis de celui que vous surnommez Dark, il y a six mois, après avoir été flashé sur l'autoroute à 134 km/h au lieu des 130 réglementaires.

Il me confie encore que Paltrin le maladroit n'a pas le permis (c'est peut-être mieux pour les autres automobilistes, vu sa maladresse !) et que Vain'Hald et Gortz sont inconnus des services de police. J'ai du mal à cacher ma déception. Ces éléments ne m'apprennent pas grand-chose de nouveau.

– Je me suis aussi renseigné sur les circonstances de l'accident, poursuit Mantini. Le lendemain du drame, la police a été appelée par un fermier qui avait découvert dans son champ une voiture calcinée. L'avant était enfoncé mais l'incendie avait effacé toute trace d'ADN.

– On sait à qui elle appartenait ? je demande, le cœur battant.

– C'était un véhicule volé, regrette le commissaire. Ce qui explique sans doute que le gars se soit enfui après l'accident.

– Encore une impasse, je soupire, désabusé.

– Je n'ai rien appris de plus sur la troupe des Oxymores Vivants, poursuit le commissaire, mais j'ai poussé mes investigations…

J'entends un bruit de papier qu'on déplace. J'imagine que Mantini farfouille dans ses notes. J'attends avec curiosité ce qu'il va m'annoncer.

– … l'employé qui a été victime du vol dont vous m'avez parlé se nommait Paul Bardoux. Il était machiniste dans le théâtre de madame Lefranc.

– Que s'est-il passé ?

– D'après le rapport d'enquête, la veille de l'accident dont votre camarade et sa mère ont été victimes, un homme l'a accosté sur le chemin de son domicile, aux alentours de 22 heures. Un témoin a décrit une violente dispute. On pense que Bardoux a tenté de riposter et que lorsque son voleur l'a repoussé, il est tombé et sa tête a heurté violemment le rebord du trottoir. Il est mort sur le coup.

– Qu'est-ce qu'on lui a volé ?

– Son portefeuille, son portable et une montre sans grande valeur, qu'on a retrouvée dans une poubelle, une rue plus loin.

Comme vous aviez l'air de croire qu'il pouvait exister un lien entre ce fait divers et le chauffard, j'ai croisé toutes les informations dont je disposais. Malheureusement, je n'ai rien découvert qui relie ces deux affaires, même si j'admets qu'il est troublant que deux personnes travaillant ensemble connaissent une mort violente dans un intervalle si court.

Je raccroche, déçu. Chaque fois que j'ai l'impression d'avancer de deux pas, je recule d'un. La tête ailleurs, je dédicace un polar à un couple de charmants grands-parents qui prévoient de l'offrir à leur petit-fils, quand j'aperçois Thomas et Anne, suivis de trois acteurs de la troupe des Oxymores Vivants qui arborent un air inquiet.

DES AVEUX

– Dark est absent, alors qu'une représentation des *Trois empires de Kernaven* commence dans trente minutes, annonce Anne.

– Ce matin, j'ai frappé à la porte de sa chambre mais il ne m'a pas répondu, nous informe Paltrin le maladroit. J'ai pensé qu'il était déjà parti.

– Son portable est sur messagerie, complète Vain'Hald. Ça ne lui ressemble pas.

– C'est un acteur très professionnel, confirme Gortz.

– Je propose que quelqu'un retourne à sa chambre d'hôtel, lance Thomas.

Peter Wells, qui a été témoin de notre conversation, se tourne vers moi.

– Allons-y tous les deux. Le directeur ne m'en refusera pas l'accès.

Sa proposition est tentante mais nous sommes coincés derrière nos tables jusqu'à midi. Comme s'il lisait dans mes pensées, il ajoute, l'œil pétillant :

– Je fais mon affaire de la femme à la salamandre !

Il se lève et parlemente quelques minutes avec Sylvie. J'ignore ce qu'il lui dit mais la couleur de son visage se rapproche brusquement de celle de sa chevelure. Puis Peter Wells me rejoint.

– Ne perdons pas de temps ! s'exclame-t-il. J'ai obtenu que nous fassions l'école buissonnière en échange d'un dîner dans un bon restaurant de la ville.

À voir son visage réjoui, cette invitation n'a pas l'air de lui peser ! Il ne lui faut qu'une minute ou deux pour se glisser dans les coulisses, se débarrasser de son déguisement et ressortir incognito.

– Nous retournons nous préparer, annonce Vain'Hald. Si Dark revient à temps, nous ne serons pas obligés d'annuler la séance.

– Je reste avec Anne, lance Thomas. Tenez-nous au courant.

À l'hôtel, le directeur se fait un peu prier avant d'accepter de nous conduire jusqu'à la chambre du comédien. Par acquit de conscience, il frappe à la porte en appelant l'acteur à plusieurs reprises.

– Ce n'est pas une procédure très réglementaire, se plaint-il en glissant la carte magnétique dans la serrure.

Un déclic annonce l'ouverture de la porte. Il nous précède dans la chambre dont les rideaux sont tirés. Quand il appuie sur l'interrupteur et que la lumière inonde la pièce, mon regard est aussitôt attiré par Dark, allongé sur le lit. Une bouteille d'alcool vide est renversée sur le sol.

– Votre ami a bu plus que de raison, pronostique le directeur, gêné, en se penchant au-dessus du lit.

Mes yeux s'attardent sur le sol où gisent des boîtes de médicaments ouvertes. Elles n'ont pas échappé à la sagacité de Peter Wells qui conseille :

– On ne devrait toucher à rien.

Le directeur se redresse, affolé.

– Il... il ne respire plus ! J'appelle les secours !

Je n'ai pas la force de lui dire qu'il est trop tard mais Peter Wells s'en charge pour moi et le pousse fermement vers la porte en lui demandant de prévenir la police.

Posé sur un bureau, l'ordinateur de Dark est ouvert et un témoin lumineux clignote comme un clin d'œil répétitif m'incitant à le sortir de sa veille. J'appuie sur la touche Entrée et une page Word apparaît.

Ma vie est devenue un enfer. J'étais ivre le jour où j'ai percuté Mme Lefranc et son fils. Je venais de voler une voiture après un pari stupide et le destin a voulu que je provoque cet accident. Sous l'emprise de l'alcool, j'ai paniqué et je me suis enfui. Les jours suivants, j'ai voulu me dénoncer, mais quand j'ai appris que Mme Lefranc était morte et son fils paralysé, j'ai su que je serais incapable d'affronter les conséquences de mes actes. Je me suis tu, et j'ai tenté de vivre avec ce secret.

Découvrir Thomas parmi le public, à la représentation des Trois empires de Kernaven, *m'a terrifié. Est-ce qu'il m'avait reconnu ? J'ai fini de jouer dans un état second, puis je l'ai suivi. Quand il est entré dans le commissariat, j'ai paniqué. Ma vie allait être brisée. La suite, je n'en suis pas fier. Je l'ai agressé dans un accès de folie mais ce soir, seul dans ma chambre, je réalise combien mon comportement est ignoble. Pardon.*

Peter Wells me jette un regard effaré.

– Vous aviez raison, dit-il dans un souffle. L'accident et l'agression contre Thomas étaient liés.

La porte de la chambre s'ouvre sur le directeur, suivi de Saramon et de plusieurs policiers. Le lieutenant pousse un soupir exaspéré en m'apercevant.

– J'avais demandé à votre camarade de vous tenir éloignés de cette affaire, grince-t-il. Quelle est la raison de votre présence ici ?

– C'est ma faute, intercède Peter Wells. C'est moi qui lui ai proposé de venir.

– Vous êtes… ? questionne Saramon.

– Peter Wells, écrivain. Vous m'avez adressé une convocation pour cet après-midi.

Le regard de Saramon s'éclaire. Puis il se désintéresse de nous, le temps de lire le texte qui s'affiche sur l'écran de l'ordinateur.

– Je l'avais convoqué, comme ses collègues, précise le lieutenant en se tournant vers nous. Je suppose qu'il s'est affolé.

Après un dernier coup d'œil circulaire, il ajoute :

– Je vous demanderai de quitter les lieux afin que le médecin légiste procède à des investigations plus poussées.

Comme dans les séries que j'affectionne, j'en conclus que ce dernier va tenter de déterminer si la prise d'alcool et de médicaments est bien la cause de la mort, avant de pratiquer plus tard une autopsie. Peter Wells et moi sortons de la chambre.

QUAND LE DOUTE S'IMMISCE

Nos pas nous conduisent presque machinalement vers la foire aux livres.

– C'est un triste dénouement ! constate Peter Wells. Mais envers et contre tous, c'est vous qui aviez raison.

– Justement, dis-je en m'arrêtant brusquement. Pourquoi est-ce que je serais plus perspicace que deux policiers chevronnés ? Et puis tout est si parfait. Dark qui se suicide, rongé par les remords, laissant une lettre d'aveux que n'importe qui aurait pu rédiger à sa place... Je ne peux pas m'empêcher de croire que nous sommes au cœur d'une mise en scène.

– Comme dans une pièce de théâtre ? insinue l'auteur.

Je n'y avais pas pensé, il a raison.

– Je comprends, acquiesce Peter Wells. Dans ce cas, ça signifierait qu'une personne – le vrai chauffard – l'aurait... obligé à avaler tous ces médicaments de façon à simuler un suicide ? Pour le coup, c'est un peu tiré par les cheveux, non ?

Je garde le silence. Comme une bulle de champagne remontant à la surface, une idée est sur le point de jaillir dans mon esprit. Nous traversons un square où jouent quelques enfants quand elle parvient jusqu'à ma conscience. Je me tourne vers Peter Wells, bouleversé.

– Dark ne peut pas être le chauffard. C'est impossible !

– Vous pouvez développer ? interroge-t-il avec intérêt.

– Sur scène, son personnage porte un masque ! Thomas n'aurait pas pu le reconnaître. Et réciproquement, si Dark avait été le chauffard, il n'aurait pas craint d'être reconnu par Thomas puisque son visage était caché par ce masque.

Peter Wells reste interdit devant ce raisonnement infaillible.

– Pour les mêmes raisons, réfléchit-il, on peut éliminer Gortz, d'autant qu'à l'heure de l'agression de votre ami, il était au restaurant. Il reste donc Vain'Hald et Paltrin le maladroit, dont l'alibi n'est pas très solidc.

Je ne peux m'empêcher de penser que lui non plus n'a pas hésité à me mentir et que personne n'a vérifié s'il était réellement en train de négocier un contrat. Mon instinct me souffle qu'il est sincère mais si je me trompais ? Je préfère garder pour moi le fruit de mes réflexions.

– Il faudrait prévenir la police, non ? suggère-t-il. Si vous avez vu juste – et j'en suis persuadé –, ce pauvre Dark ne s'est pas suicidé et son assassin est toujours en liberté.

– Le lieutenant Saramon m'a signifié que je ne devais plus me mêler de cette affaire, je réponds.

– C'est de bonne guerre, sourit-il.

– Mais s'il n'arrive pas aux mêmes conclusions que moi, je le contacterai malgré tout avant de prendre le train, ce soir.

– Si vous n'y voyez pas d'inconvénient, je vais retourner au salon, annonce Peter Wells.

Il paraît soudain ennuyé.

– Heu… Qu'est-ce que je raconte à Vain'Hald et Paltrin ?

– L'un des deux est probablement un assassin, alors inutile de l'alerter avant que la police ne l'interroge. Dites-leur que leur ami a mis fin à ses jours parce qu'il avait des remords et observez leurs réactions.

Je laisse partir Peter Wells et m'assois sur un banc pour réfléchir.

Il faut un puissant mobile pour commettre des crimes de sang-froid, ce n'est pas Mantini qui me contredira. Alors quel est celui de l'assassin ?

J'ai l'impression d'avoir oublié une information importante qui me permettrait de le découvrir. Je laisse mes pensées vagabonder, dans l'espoir de me la rappeler. C'est une habitude que j'ai prise en écrivant. Il me semble qu'elle a un rapport avec Mantini. Je me remémore ses paroles. Paul Bardoux, le machiniste qui a perdu la vie au cours d'un vol qui a mal tourné. Un témoin a mentionné une « violente dispute ».

Est-ce un terme qu'on utilise pour parler d'un inconnu qui en menace un autre dans le but de le dépouiller ? Un mari et sa femme se disputent. Un frère et une sœur se disputent. Et si Bardoux connaissait son agresseur ? Si ce vol n'était qu'une mise en scène destinée à maquiller un crime ?

Cette hypothèse me donne le vertige. Est-ce que je ne suis pas en train de fabuler ? Est-ce que je ne vois pas des meurtres partout ? Je repense au cambriolage avorté de la veille et à celui qui a poussé M. Lefranc à déménager. Si ces cambriolages n'étaient pas le fruit du hasard ? S'ils étaient liés ? Et que ce lien éclaire le mobile du meurtrier comme un code permettant de déchiffrer un message secret ?

Mme Lefranc possédait-elle *quelque chose* que le meurtrier a tenté de récupérer au cours des deux effractions ? Avec un peu de chance, l'autre soir, je l'ai dérangé avant qu'il mette la main sur ce qu'il était venu chercher. Fébrile, j'envoie un SMS à Thomas en lui demandant de me rejoindre chez lui. Sa réponse me parvient quelques secondes plus tard.

Je me lève d'un bond, bien décidé à mettre à profit les heures qui me restent ici.

LE VISAGE DU CHAUFFARD

Thomas est déjà là quand j'arrive. Il a les traits défaits.

– C'est vrai ce que raconte Peter Wells ? Dark s'est suicidé ? Il aurait avoué dans un document qu'il était responsable de l'accident qui a tué ma mère et m'a mis dans ce fauteuil ?

– C'est plus compliqué.

Je lui fais part de ma théorie.

– Je n'ai jamais entendu parler de ce Bardoux, déclare-t-il, sceptique. Tu es sûr de ce que tu avances ?

– Je le serai si je découvre ce fameux lien. Tu es d'accord pour qu'on examine les affaires de ta mère ?

– Si ça ne t'ennuie pas, je te laisserai faire. Je ne me sens pas le courage de remuer le passé.

– Je comprends.

Je m'attelle à la besogne pendant que Thomas vaque à ses occupations. Je feuillette de nombreux scénarios et beaucoup de paperasse administrative en espérant tomber sur un document portant le nom de Bardoux.

Après trois quarts d'heure et quatre cartons, je n'ai rien trouvé de déterminant. J'envie presque celui qui tente de retrouver une aiguille dans une botte de foin. Lui, au moins, il sait ce qu'il cherche !

Thomas a la bonne idée de débarquer avec deux sandwichs. Je réalise soudain que mon estomac gargouille depuis un bon quart d'heure.

– Jambon-beurre, annonce-t-il en me tendant un des deux sandwichs. Tu as découvert un truc intéressant ?

– Non, je réponds avant de mordre dans le pain avec conviction.

Thomas désigne un des cartons.

– Si ça t'intéresse, il y a le Netbook de maman dans celui-ci.

– Vous ne l'utilisez pas ?

– Papa décrypte n'importe quel langage animal mais il ne pige rien à l'informatique. J'ai dû batailler pour avoir une connexion Internet à la maison. Quant à moi, j'ai un 16 pouces, 1 téra de disque dur et 6 gigas de mémoire vive.

Vu sous cet angle, évidemment…

– La batterie doit être à plat.

– Le chargeur est rangé avec.

J'extirpe le Netbook de sa sacoche et je le branche sur le secteur. Un témoin lumineux signale que la batterie est en charge. J'allume l'ordinateur. J'ai un pincement au cœur quand la photo qui personnalise le bureau s'affiche sur l'écran. Elle a été prise au bord de la mer. On y voit Thomas et ses parents, en maillot de bain, qui rient en regardant l'objectif. Un moment partagé de pur bonheur. Un instantané où Thomas est debout sur ses deux jambes et où sa mère lui vole un baiser sur la joue.

Mal à l'aise, je me tourne vers lui. Des larmes coulent de ses yeux sans qu'il se donne la peine de les cacher.

– Je... je suis désolé, je fais en avançant une main pour rabattre l'écran.

– Laisse ! réagit-il vivement. Raison de plus de découvrir l'identité du chauffard.

Je regrette de ne pas avoir les connaissances de mon pote Guillaume, un sacré geek. En général, c'est à lui que je fais appel quand j'ai besoin d'une tête en informatique.

– Dans la barre de recherche, tape « emplacement récent », propose Thomas. Les dernières actions de ma mère s'afficheront.

Je lui adresse un remerciement muet. J'aurais dû me douter, vu le matériel qu'il possède, que les ordinateurs n'avaient pas de secret pour lui. Je suis ses instructions et la liste des derniers dossiers ouverts s'affiche. Tous remontent aux deux jours précédant l'accident qui lui a coûté la vie.

La plupart proviennent de « Mes documents », quelques-uns de « Mes images » et deux de « Mes téléchargements ».

Comme le nom des dossiers n'évoque rien de particulier, je clique sur le lien menant aux téléchargements. Mon pouls s'accélère brusquement. Un coup d'œil du côté de Thomas me confirme qu'il a repéré la même chose que moi. Il est devenu blanc comme un linceul.

Parmi la liste, il y a deux fichiers, l'un vidéo, l'autre audio portant le nom de Paul Bardoux. J'ouvre le premier. La qualité de l'enregistrement n'est pas fameuse.

– On dirait un entrepôt, dis-je en examinant les images qui défilent.

– C'est la remise du théâtre où travaillait ma mère, répond Thomas, la voix sourde. Elle est au sous-sol. On y range les accessoires encombrants.

Puis une silhouette apparaît. Un visage surgit en gros plan. Thomas et moi échangeons un regard consterné. L'homme est parfaitement reconnaissable. Il déplace un lot de tuniques médiévales et retire un paquet dissimulé derrière un buste en plâtre. Puis la vidéo s'interrompt.

LA VOIX DE L'ASSASSIN

Incapable de prononcer une parole, je double-clique sur le fichier audio. Je ne reconnais pas la première voix, probablement celle de Paul Bardoux, mais j'identifie immédiatement la seconde. Elle correspond à l'homme que nous avons vu sur le film.

– Qu'est-ce que tu veux ? grogne celui-ci.

– Je suis au courant de ton manège, assure Bardoux. L'autre jour, j'avais besoin d'accessoires et je suis tombé sur des paquets de la saloperie que tu planques ici !

– Je ne sais absolument pas de quoi tu parles, proteste la voix.

– Ne te fatigue pas. Une caméra t'a filmé quand tu récupères ta drogue.

Un silence de plusieurs dizaines de secondes succède à ces paroles. J'imagine que Bardoux lui montre la vidéo.

– Je suis prêt à te donner un gros paquet de pognon, marchande la voix, devenue plaintive.

– Je ne veux pas de ton argent sale ! D'ici demain, madame Lefranc aura la vidéo. C'est elle qui décidera de ton sort.

Le fichier se termine sur ces mots. Livide, Thomas se tourne vers moi :

– Arrête-moi si je me trompe… Bardoux découvre qu'un acteur dissimule de la drogue dans les sous-sols du théâtre. Il filme l'auteur de ce trafic et enregistre ensuite la conversation qu'il a avec lui.

J'enchaîne :

– Puis Bardoux envoie les deux fichiers à ta mère. Le soir, c'est-à-dire la veille de votre accident, l'homme tente une nouvelle fois de convaincre le machiniste de garder le silence… Mais il est déjà trop tard. Il a envoyé les enregistrements et il s'en vante auprès de son meurtrier.

– Alors celui-ci décide de le faire taire, complète Thomas. D'ailleurs, il n'en était peut-être pas à son coup d'essai.

Je ne sais pas pourquoi, mais ses paroles déclenchent un léger malaise en moi.

– Admettons. Une chose est sûre, Bardoux meurt ce soir-là et son assassin fait croire à un vol qui a mal tourné.

– Encore une mise en scène, déclare Thomas.

– D'après toi, comment ta mère a réagi en recevant les fichiers ?

– Le matin de l'accident, je me souviens qu'elle était pendue à son portable. J'imagine qu'elle tentait de joindre Bardoux pour en savoir davantage.

– Mais le téléphone était entre les mains de son assassin. Et celui-ci savait pertinemment que lorsque ta mère apprendrait la mort du machiniste, elle ne croirait pas à un vol qui a mal tourné. Elle ferait le lien avec lui.

Nous nous dévisageons, abasourdis.

– Ma mère n'a pas été victime d'un accident. Encore une fois, c'est une mise en scène ! conclut Thomas. Il nous a foncé dessus pour la tuer et faire croire à la thèse d'un chauffard.

– Et c'est sûrement l'auteur des deux cambriolages. Il a tenté de mettre la main sur les enregistrements, je déclare. Il faut prévenir Saramon tout de suite.

– Il n'en est pas question ! lance Thomas, une expression haineuse sur le visage. Je veux l'avoir en face de moi et l'entendre m'avouer la vérité !

J'essaie de l'en dissuader.

– Cet homme est un assassin !

– Je ne t'oblige pas à me suivre, rétorque-t-il, le visage dur. Il ne tentera rien contre moi au salon. Il y a trop de monde.

Je hausse les épaules. J'ai déjà affronté un tueur, par le passé, et je n'en garde pas un très bon souvenir.

– Je ne laisse pas tomber un ami, j'affirme. Mais s'il n'est pas au salon, promets-moi que nous irons trouver le lieutenant.

– C'est d'accord, accepte-t-il.

Il copie les fichiers sur son Smartphone puis nous partons pour la foire. Thomas a raison. Les allées sont bondées.

Nous nous frayons un chemin jusqu'à la salle où se produisent habituellement les Oxymores Vivants. Quelqu'un a punaisé une feuille sur laquelle on a écrit à la main :

En raison de circonstances exceptionnelles,
les représentations des TROIS EMPIRES
DE KERNAVEN sont annulées.

Un plaisantin a écrit au stylo « Remboursez ! ». La porte est fermée à clé, mais Thomas ne se décourage pas pour autant. Il pianote sur son Smartphone et envoie un SMS à Anne qui nous rejoint quelques minutes plus tard.

– Il y a du nouveau ? s'inquiète-t-elle.

– Je n'ai pas le temps de t'expliquer, s'excuse-t-il. Est-ce que tu as un passe sur toi ?

– Oui, bien sûr.

Le regard déterminé de Thomas l'empêche de le questionner davantage. Elle nous ouvre la porte. Au passage, je lui chuchote :

– Demande à Saramon de venir ici de toute urgence.

Anne me lance un coup d'œil affolé avant que la porte ne se referme sur nous.

Paltrin le maladroit, Vain'Hald et Gortz sont en train de ranger les costumes et accessoires dans les malles. En nous entendant entrer, ils relèvent la tête, surpris.

– Content que vous soyez venus nous dire au revoir ! lance Paltrin, qui retire ses doigts juste avant que le couvercle de la malle ne se referme sèchement.

– Comment êtes-vous entrés ? questionne Vain'Hald, plus terre à terre.

Nous ne lui répondons pas. Thomas fixe l'assassin de sa mère avec une telle froideur que celui-ci demande :

– Il y a un problème ?

Thomas sort le téléphone de sa poche et touche l'écran. La voix de Bardoux et celle de son meurtrier résonnent dans la pièce.

– Est-ce que quelqu'un peut m'expliquer ce qui se passe ? intervient Vain'Hald.

– C'est une plaisanterie ? s'étonne Gortz.

Le visage déformé par la fureur, Paltrin se rue sur Thomas qui réagit aussitôt. Il pousse sur ses roues d'un mouvement de bras énergique. Son fauteuil se redresse comme un cheval qui se cabre et percute violemment le comédien au plexus.

Il s'écroule sur le sol, assommé, sous l'œil incrédule de ses compagnons.

Quand Saramon débarque, accompagné de plusieurs collègues, le comédien est encore K-O.

BAS LES MASQUES

Paltrin le maladroit est conduit à l'hôpital sous bonne escorte tandis que Vain'Hald, Gortz, Thomas et moi accompagnons le lieutenant au commissariat.

Nous lui expliquons comment nous avons mis la main sur les deux fichiers qui accusent Paltrin. Thomas me laisse exposer notre théorie concernant la mise en scène du prétendu suicide de Dark, le meurtre supposé de Bardoux et surtout celui de sa mère.

Saramon reste impassible. Son seul commentaire s'adresse à moi et se résume en quelques mots :

– J'ai besoin que vous restiez à Brive au moins jusqu'à demain, le temps de poursuivre mes investigations.

Puis Saramon demande aux deux acteurs des Oxymores Vivants de rester au commissariat afin de l'aider à mieux cerner la personnalité de leur collègue.

Le lieutenant me prend de court. Quelques coups de fil s'imposent.

Je passe l'heure qui suit à rassurer ma mère au téléphone.

– Pourquoi est-ce que je ne suis pas étonnée que tu te sois fourré dans une histoire pareille ? soupire-t-elle. Ça aurait pu très mal tourner.

Elle conclut :

– Mais je suis fière de toi. Thomas va pouvoir entamer son deuil.

J'appelle ensuite Faustine. Elle est déçue, elle aussi, qu'on ne se voie pas au lycée demain mais, philosophe, elle m'assure qu'elle m'attendra à la gare.

Anne s'est échappée du salon et nous a rejoints chez Thomas, bientôt suivie par le père de celui-ci. Nous recommençons nos explications et Thomas diffuse une nouvelle fois la vidéo et l'enregistrement audio.

Les yeux de M. Lefranc sont humides. Nous passons le reste de la soirée à discuter de ces événements.

Le lendemain, en fin de matinée, Thomas et moi retournons au commissariat. Saramon nous reçoit avec un large sourire.

– L'enquête a pris un tournant inhabituel ! s'exclame-t-il. Hier, nous avons introduit dans notre fichier les empreintes du comédien qui joue Paltrin le maladroit. Le nom qui figure sur sa carte d'identité est Stéphane Amara. Et ô surprise...

Le lieutenant se tait pour ménager le suspens et nous assène :

– Stéphane Amara n'est pas Stéphane Amara. Il s'appelle en réalité Antoine Marnac, connu de nos services pour avoir fait de la prison à plusieurs reprises dans sa jeunesse, avant de disparaître de nos radars jusqu'à aujourd'hui.

– Je ne comprends pas, avoue Thomas.

– Marnac a usurpé l'identité de Stéphane Amara, explique Saramon. Mes hommes l'interrogent depuis ce matin. Il ne peut pas nier l'évidence alors il a fini par s'expliquer. C'est un fils de bonne famille, ce qui ne l'a pas empêché de commettre de nombreux délits dans sa jeunesse. Fatigués de le récupérer au commissariat, ses parents lui ont coupé les vivres quand il a eu dix-huit ans et l'ont mis à la porte.

– Comment s'est-il débrouillé ? je demande, intrigué.

– Il a vécu dans des squats et, pour subsister, il cambriolait des appartements. Un jour le vol a mal tourné. Le propriétaire l'a surpris, Marnac l'a blessé grièvement et il est passé par la case prison pour la première fois. Dans les années qui ont suivi, il y a fait deux ou trois autres séjours. Après avoir partagé sa cellule avec un dealer, il s'est lancé dans le trafic de drogue.

– De quelle façon a-t-il changé d'identité ? questionne Thomas.

– J'y arrive. Il vivait dans un squat, je crois vous l'avoir dit. Un de ses « colocataires » avait le même âge que lui et ils avaient sensiblement le même physique : taille similaire, corpulence identique... Il était intermittent du spectacle, n'avait aucune famille et jouait des petits rôles au théâtre. Vous l'aurez deviné, il s'appelait Stéphane Amara.

– Marnac l'a... assassiné ? je coupe.

– Oui, confirme Saramon. Puis il a déposé ses propres papiers d'identité dans les poches de ce garçon et il a provoqué une fuite de gaz. L'explosion a soufflé l'immeuble ; ça a fait la une des journaux télévisés, à l'époque. Les secours ont sorti trois victimes de sous les décombres. Le rapport d'enquête a conclu à un accident provoqué par l'imprudence des occupants.

– C'était peut-être sa première mise en scène, intervient Thomas.

– Possible. Ensuite, Marnac a déclaré ses papiers perdus et en a fait établir de nouveaux sous l'identité de Stéphane Amara, alias Paltrin le maladroit au théâtre. Ainsi, son casier judiciaire était effacé. Il a commencé à jouer des seconds rôles dans des pièces – c'était sa couverture –, tout en développant son trafic de drogue. Puis il a intégré la troupe des Oxymores Vivants et stocké sa marchandise dans le théâtre.

– Si Bardoux le dénonçait, c'était la fin de son trafic, réfléchit Thomas. Mais il savait aussi qu'en cas d'arrestation ses empreintes digitales le trahiraient.

– C'est pour cette raison qu'il a pris autant de risques, j'enchaîne.

– Il se défend d'avoir prémédité le meurtre de Bardoux, précise Saramon. D'après ses dires, il voulait juste récupérer les enregistrements et le convaincre de ne pas le dénoncer. Durant leur rencontre, ils en sont venus aux mains. Paltrin a repoussé violemment Bardoux, il est tombé au sol et sa tête a heurté l'arête du trottoir.

– C'était presque de la légitime défense, ironise Thomas. Et pour maman ?

– Le matin de l'accident, elle a ouvert les enregistrements envoyés par Bardoux et elle a cherché à le joindre à plusieurs reprises sur son portable. Comme il ne répondait pas – et pour cause – elle a appelé directement Paltrin. Ils avaient convenu d'un rendez-vous le lendemain.

J'interviens :

– Paltrin a alors volé une voiture et attendu le moment propice pour la tuer et maquiller ce meurtre en accident de la route.

– Ça va, je connais la suite, dit Thomas dont les mains se crispent sur les roues de son fauteuil.

– C'est lui l'auteur des deux cambriolages ? je demande.

Saramon acquiesce.

– Il espérait mettre la main sur les enregistrements. C'étaient les seules preuves qui l'incriminaient.

– Palt... Je veux dire Marnac va passer de longues années en prison ? questionne Thomas.

– Je ne suis pas juré, répond Saramon. Mais puisqu'il a commis plusieurs crimes avec préméditation, ce sera sans doute le cas.

– A-t-il reconnu le meurtre de Dark ? j'interroge.

– Oui, confirme-t-il. Il l'a obligé à absorber de l'alcool et des somnifères en grande quantité puis il a rédigé la lettre sur l'ordinateur. Il pensait que cette « preuve » mettrait un terme aussi bien à l'enquête policière qu'à celle que vous meniez en parallèle. C'était sans compter votre persévérance.

– Et pour ce qui est de Novembre ? questionne Thomas.

– Soyez sans crainte, il n'est pas près de sortir de prison. La femme qu'il a agressée l'avait griffé en se défendant et nous avons identifié son ADN dans du sang prélevé sous ses ongles. Même sans votre témoignage, cette preuve suffit à l'envoyer derrière les barreaux.

Au moment où nous repartons du commissariat, nous croisons Vain'Hald et Gortz. Les deux comédiens semblent abattus.

– Depuis hier, le ciel nous est tombé sur la tête, déclare Gortz. Nous n'avons jamais eu le moindre soupçon à l'égard de Paltrin. Il n'avait même pas le permis !

– Il paraissait tellement bouleversé à l'annonce du décès de ta mère, ajoute Vain'Hald en se tournant vers Thomas.

– C'était un comédien-né, crache Gortz, amer. Une qualité aussi utile à l'acteur qu'à l'assassin.

– Quels sont vos projets ? je demande.

– Dans l'immédiat, répond Vain'Hald, nous allons annuler les représentations des *Trois empires de Kernaven* prévues dans plusieurs festivals. Et puis il nous faut aussi un peu de temps pour faire notre deuil. Dark était plus qu'un collègue. C'était un ami.

Nous nous séparons sur ces mots.

UNE DERNIÈRE DÉDICACE

Anne nous attend à la sortie. Nous retournons ensemble jusqu'à la maison. Il sera bientôt quinze heures. Je récupère les quelques affaires que j'ai éparpillées dans la chambre.

– On va t'accompagner à la gare, Arthur, propose M. Lefranc.

Sur le quai, après une poignée de main énergique de sa part et une bise d'Anne, Thomas m'entraîne à l'écart.

– Merci, me dit-il ému. Jusqu'à ce qu'on découvre la vérité, j'étais très en colère contre moi-même. J'avais insisté pour que maman m'accompagne au cinéma. Je me suis repassé la scène de l'accident des centaines de fois. Je croyais être responsable. Ça ne change rien à mon handicap ni sa mort, mais je sais que je n'aurais rien pu faire.

– On se revoit très vite, je réponds, la gorge nouée. Prends soin de toi, vieux.

Je jette un coup d'œil du côté d'Anne.

– Je te laisse entre de bonnes mains !

Ma remarque l'amuse. Alors qu'une voix suave annonce l'entrée en gare de mon train, un voyageur fait soudain irruption sur le quai, essoufflé, le visage rougi par l'effort. Peter Wells !

– J'ai failli louper mon train ! s'exclame-t-il.

Après un dernier adieu, je monte dans l'Intercités qui s'ébranle presque immédiatement. Peter Wells et moi sommes dans la même voiture mais dans une rangée différente. Comme aucun passager ne fait mine de s'asseoir à côté de lui, il me propose de le rejoindre.

– J'ai horreur de voyager seul, grommelle-t-il. Toutes ces heures passées dans les transports, je trouve ça déprimant !

– Vous vous déplacez souvent ?

– Mon agenda est rempli jusqu'à l'année prochaine, soupire-t-il. Montreuil, Paris, Lausanne, Londres... Peut-être aurons-nous l'occasion de nous croiser sur certains salons ?

– Je l'espère. Avez-vous conclu le contrat avec le réalisateur américain pour transformer votre livre en série ? je demande.

– Le pilote devrait sortir d'ici deux ans ! s'exclame Peter Wells avec un sourire. Mais chut ! C'est encore top secret.

Soudain, je pousse du coude mon célèbre voisin. Le gobelin au bonnet en cuir rouge remonte l'allée.

– Oh non ! Pas lui ! grogne Peter Wells en se renfonçant dans son siège.

Mais son plus grand fan passe près de nous sans nous accorder le moindre regard. Privé de sa perruque et de ses accessoires, Peter Wells est aussi anonyme que moi.

– J'ai un cadeau pour vous, annonce-t-il.

Il farfouille dans son sac, d'où dépasse sa perruque. Il extirpe enfin un exemplaire des *Trois empires de Kernaven*.

– Je comptais vous le remettre au cours du salon, mais les événements ont quelque peu contrecarré mes plans, grimace-t-il.

Il me tend son livre ouvert à la page de garde.

Pour Arthur,
Aussi doué pour écrire un polar
que pour résoudre une enquête.

Amitiés,
Peter Wells

– Merci, dis-je ravi du compliment. Mais je dois vous avouer quelque chose : j'espère que ce sera ma dernière véritable enquête !

Peter Wells me jette un coup d'œil ironique.

– Vous connaissant, voilà qui me surprendrait !

L'AUTEUR

Christophe Miraucourt est né au siècle dernier et à ceux qui s'étonneraient qu'il ne soit pas encore en maison de retraite, il rétorque qu'« écrire aide à rester jeune ».
Après avoir été instituteur puis instit'auteur, il devient avec ce quatrième polar « institutueur ». Heureusement, son seul crime est fait de pages et de mots, où l'encre de son stylo remplace le sang des victimes.
Grand amateur du genre policier, il a souhaité passer du statut de lecteur à celui d'auteur. Le personnage de son récit se définit comme étant le plus jeune écrivain de France. Il s'agit donc bien d'une œuvre de fiction et pas d'un roman autobiographique puisque Christophe n'a été publié qu'après ses trente ans.

DU MÊME AUTEUR, DANS LA MÊME SÉRIE

Ce que je n'aurais pas dû voir

Arthur est le témoin oculaire d'un meurtre
dans la maison d'en face.
Mais la police ne trouve pas de cadavre…

Surgi du passé

Arthur est contacté sur sa page Facebook par Lina, qui se prétend sa demi-sœur. Est-ce une mythomane ?

Retrouvez tous les titres de la collection

Heure noire

sur les sites **www.rageot.fr**
et **www.livre-attitude.fr**

PAPIER À BASE DE FIBRES CERTIFIÉES

RAGEOT s'engage pour l'environnement en réduisant l'empreinte carbone de ses livres. Celle de cet exemplaire est de :
550 g éq. CO_2
Rendez-vous sur www.rageot-durable.fr

Achevé d'imprimer en France en août 2015
par l'imprimerie Normandie Roto Impression s.a.s.
Couverture imprimée par Boutaux (28)
Dépôt légal : septembre 2015
N° d'édition : 6444 - 01
N° d'impression : 1502971